給孩子魚吃，不如教他釣魚；教孩子釣魚，不如讓他覺得魚好吃！
孩子學得沒壓力→產生興趣→不必督促就會自我學習，
從現在開始，打造學校老師辦不到、
唯有爸媽才能給予孩子的英語共學環境吧！

學習有捷徑
夢想最接近

Contents
目錄

Part 1　從發音規則學習記憶單字

Part 2　單字部首學習法

Part 3　單字情境學習法

Preface
前言

　　這本國中小必學 1200 單字寶典全書，是我們兩年來教導孩子如何學單字的精華私房手冊。

　　我們考據各項單字學習方法可行性，運用企管顧問的分析理論，透過不斷的實際驗證，還有來自於今年已經小五大女兒李厚恩（Angel）的協助英文校對，促成了這本書的誕生！

　　單字的記憶對大人來說向來就不是一件容易的事，回想從小到大學習英文的過程中，許多人背單字都背得滿是心酸，何況對孩子來說，他們才剛接觸到新的語言，對於背單字的挑戰更是大！

　　這樣的體會，自我們開始與孩子共學英文後，才有更深刻的領悟。

　　天下父母心，做爸媽的誰不希望孩子能夠在英文的學習路上走得順利？特別是我們這一代，從國中才開始學英文，辛苦背單字背到大學聯考，內心自然有個期盼，希望孩子能夠開始得早、開始得快，趁早多背一些單字，先打好英文基礎，未來也可以比較輕鬆。

　　直到開始真的要求孩子背單字後，才發覺這樣的想法大錯特錯！方法對了，孩子愛上單字；方法錯了，則孩子視背單字為畏途！

那時家中兩個小孩一個讀小一、一個讀小四的時候，我們發覺他們在補習班學的英文並沒有辦法實際應用在生活上，甚至開始不喜歡英文，於是決定運用過去學習的企管理論，開始親子共學英文。

說實在，共學之路是不斷摸索成長的過程。

一開始的時候，我們想最快的方法就是幫兩個孩子準備單字本背單字。一心覺得這個方法有效又快又簡單：每天讓孩子背十個單字，假日再做總複習，這樣一年下來不就可以背兩千多個單字，小學畢業前不就至少有五千個以上的字彙量嗎？這要比我們小學畢業時 26 個字母還識不得幾個要強太多了！

越想越得意，就迫不及待地開始落實「政策」了。

兩個孩子聽到我們的計畫，露出一臉不可置信的表情，當然是全面抗拒。

我們夫妻倆想因為才剛開始，反抗一定在所難免。於是「政策」就從三月初開始執行了，讓他們在學校看一看，回家讀一讀，吃完飯後再複習一下。

第一天還好，睡覺前驗收，兩個孩子勉強拼寫出了五六個單字。這些單字不難，大概都是類似 apple、table、flower 等單字。

第二天，孩子臉上的表情就開始不太好看。不但第一天的單字只記得兩個，第二天的單字更是只拼出了兩個字。

第三天就更不用說，兩個孩子滿是愁容，根本完全不配合。

第四天兩個孩子就一起造反，異口同聲地說：「不要學英文了。」

這真的讓我們夫妻倆很有挫折感，不知道孩子為何如此不上進？只好轉念安慰自己，大概是兩個孩子還不習慣，讓他們先休息一下，再重頭練習就好。

一直到隔天一起看韓劇，電視播出男主角正在閱讀一本韓文書，裡面滿是密密麻麻如同符號般的文字，心裡不禁想：「韓文真難學，這樣一堆抽象符號誰看得懂？要是讓我學韓文，一定是學不來的！」

突然轉念一想：「對啊！孩子在學英文不就是如此嗎？看到一大堆符號要硬背下來，一定是十分痛苦的！」

可是韓國人一定不會覺得韓文符號看不懂，為什麼呢？

因為這是生活的溝通工具，每天自然接觸就習慣了。

我們求好心切，又望子成龍、望女成鳳，所以一時間竟然忽略了這個最基本的道理。而且，當初的共學想法就是希望孩子能夠學得開心，用得開心，喜歡上英文，而讓他們一輩子有個正確的態度。結果，我們讓孩子背單字的做法，不但達不到效果，還可能讓孩子看到英文就退避三舍。

經歷這次讓孩子背單字的大挫敗後，我們就徹底改變孩子對單字學習的態度及方法。我們並沒有放棄孩子的英文單字學習，而是更投入、更用心地設計各種方法，調整各樣學習步驟，以最符合母語但又最有效率的方法讓孩子記憶單字。

如果單字記憶對孩子有幫助，但卻如紅蘿蔔或茄子般不美味，我們就想方設法烹調出可口好吃的單字佳餚。

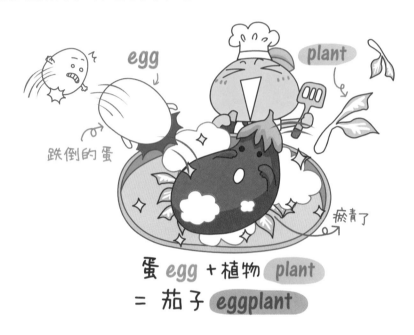

　　所以透過單字遊戲的規劃，讓孩子早晚聽單字的 MP3，從生活對話自然學習，同時大量閱讀有趣的書籍，先和單字建立起情感。嘗試過各種方法後，孩子也從不排斥到開始漸漸習慣，甚至喜歡上單字的學習了。

　　1200 國中小單字，是孩子學習英文的基礎。有了這些單字基礎後，不僅是生活對話還是書籍閱讀，甚至對未來國中升學考試的幫助都很大。

　　我們為孩子發明許多有趣且有效、不死背的學習記憶法，現在孩子已經很習慣這些單字，也能快速地反應及使用。

有一次弟弟還跟我們說，unhappy 因為前面是 un，而 happy 是「開心」的意思，所以這個單字一定就是「不開心」了！聽到孩子開始懂得舉一反三，這是爸媽最感到開心的一刻！孩子因為不死背，反而學的更輕鬆更愉快！

這本書就是我們這一年半以來，將各種有效單字學習法集結成冊的私房菜教材。

先從「一三五七九的學習法」開始，建立單字學習觀念和效率，幫助所有的爸爸媽媽，避免像我們一樣走不必要的冤枉路，用最有效率及效果的學習法，引導孩子一步步持續且有恆心地學習，一窺並進入單字學習的殿堂，很快地就能讓孩子建立起對國中小 1200 字的情感連結。

「自然發音法學 1200 單字」是模擬母語環境的學習法。透過母音和子音的音節學習，孩子可以從對聲音的理解記憶，自己拆解單字並拼出來。我們特別強調孩子對母音的記憶，及大聲唸出這個單字，一旦孩子透過自然發音拼解出單字後，記憶深度就會非常穩固了。

「部首法學習 1200 單字」則是單字快速擴充技巧。我們運用 80／20 法則，整理出出現頻率最高、最常使用的字首字尾，透過 1200 字的學習，讓孩子一面記憶單字，一面也記住常用的部首，再透過這些部首的學習，就可以輕易將字彙量擴充到 2000 字以上了。

「情境法學習 1200 單字」是生活化學習法。我們把居家生活和孩子常會用到的各種情境整理出來，平常一旦接觸到，就自然而然地練習，這樣孩子學起來才會更有感覺，再多一些生活上的應用，就會更加容易記住。

　　最後想和各位爸媽分享的是另一本書：《孩子，英文單字好簡單：字卡應用篇》它是這本單字學習書的實用練習書，爸爸媽媽也別忘了一起買。運用「單字字卡」學單字，這是一個簡單樸素，卻十分紮實的學習法。這些單字卡絕對不是要拿來硬背，而是用於日常練習，安排遊戲及確認學習狀況的好工具。爸媽可以請孩子自製字卡，並讓他們畫上一些可愛的插圖，利用字卡和孩子玩比手劃腳或是單字搶答遊戲，孩子不斷地反覆接觸觀看單字，久了也就能自然記住了！

　　在我們著作的《孩子，英文單字好簡單：字卡應用篇》一書中，我們參考自然發音法（Phonics）、美國小學教育色彩母音圖（Color vowel chart）及音節（Syllable）的基本精神來設計，以幫助孩子有效記憶，不需死背！建議可以搭配本書一起使用。《孩子，英文單字好簡單：字卡應用篇》所附的 MP3 可以每天早晚給孩子聽，讓孩子連同自然發音法內化學習，這樣久而久之，單字學習基礎就會非常穩固了。

a piece of cake

李存忠　周昱葳

寫在本書之前
——單字學習法總論

如我們前言提到的，單字學習這條路，我們也和孩子一路走的跌跌撞撞，最後才慢慢摸索出一個可行的方法。

起初和大部分的家長一樣，我們認為背單字是學習英文最重要的，也是最容易的，所以一定要先學。

我們錯了。

其實對一個沒有英文基礎的孩子來說，英文單字的記憶是非常困難的。所以，找對學習單字的方法，就可以幫助孩子如虎添翼，培養終身對英文的興趣和能力。

而找錯方法呢？不但事倍功半，還會揠苗助長，達不到記憶的效果，讓孩子進一步就退兩步，最令人擔心的是：孩子望英文而生畏，終身失去對英文的興趣。

所以本章節的目的，就是要分享我們：

POINT 1. 從親身與孩子互動後，觀察到學習運用的有效單字學習法則。

POINT 2. 從過去管理顧問經驗，歸納出有效記憶學習單字的訣竅。

這就是我們獨創的一三五七九，兒童單字學習黃金法則。

◆ 一個原則：不要背！

對，爸爸媽媽沒看錯，就是單字不要背，才記憶得起來。

這聽來很弔詭，很不符合邏輯。

但從孩子的生活經驗，語言能力及學習方式來看，去背一個完全沒有感覺、沒有印象，就像大人看韓文、希臘文的複雜符號一樣，既痛苦又沒有效果。

語言學習貴在自然吸收，然後慢慢內化，一旦內化了就不會忘記了。

試想一下，學習中文時，孩子的認字並不是靠背的，而是靠不斷從生活裡接觸而記得的。因為在小學前，就算不會寫單字，但是由於在日常生活中已經頻繁使用，看得懂聽得懂，所以一旦進了小學後學寫字，速度就非常快了。

英文的學習不也是如此嗎？

以英文為母語的外國孩子，有些人數學不好，有些人音樂不行，但對我們華人來說，他們每個英文會話口語能力應該都是嚇嚇叫！

這就是因為學習語文不是用背的，而是從生活中感受內化的。

就像武俠小說裡的武功一樣，武功高強的人必須要有深厚的內力（就是對單字聽得懂說得出來，也看得懂），然後再修煉複雜的招式（就是學拼字），這樣武功才能大成，不會因為內力不足駕馭不來而走火入魔。

本章節要教給各位爸爸媽媽的方法，就是如何在非母語的環境下，給予孩子最

接近母語的學習環境，讓孩子先建立深厚的單字內力，再搭配一些技巧性的學習招式，孩子在單字學習之路就可以愉快多了，也很快就能變成單字武功高強的高手。

◆ 三大目標：聽說讀寫的認字目標訂立

　　孩子的單字學習成效如何，我們建議爸爸媽媽可以在孩子小學畢業前，訂立一個具體可行的目標，然後依照本書所提到的訣竅及各種練習方法確切執行，驗證學習成果，相信可以讓孩子在上國中之前，奠定一個好的英文基礎。

　　這個目標會是什麼呢？我們打破傳統的觀念，不認為會「背」單字才算是會，而是會「用」單字才算是會一個單字。

　　英文重在使用及溝通，所以學習字彙就要能夠用英文聽說會話溝通、閱讀書籍及寫作。所以依照優先順序，就是會話→閱讀→寫作。這三樣是學習英文字彙的三個面向。

第一優先**是能夠會話，單字就要能聽得懂說得出來。**

第二優先**是能夠閱讀，單字就要能看得懂其在文章裡的意義。**

第三優先**是能夠寫作，單字就要能拼寫得出來。**

其中拼字最難，看得懂次之，而能夠聽得懂又説得出來對孩子是相對容易的。

但是現在學習方法中把最難的（拼字）放在最前面，其實拼字應該要孩子上國中，或是小學高年級開始練習英文寫作的時候才要加強加速。反而是最重要的聽一個單字説一個單字的能力，孩子普遍缺乏反覆練習實用。這樣的扭曲顛倒的結果，造成了孩子背單字很辛苦，用不到又很容易忘，導致簡單的對話卻聽不懂，更一句話也不敢開口！

所以，在小學畢業前，我們建議對孩子要訂立的單字學習三大目標是：

目標 1 聽說的目標：

【小學畢業前】

高標 3000 ～ 5000 單字

能夠聽得懂衍生單字，達到 3000 字的單字理解能力，甚至能夠挑戰 5000 字聽得懂的目標。

低標 1200 ～ 2000 單字

能夠聽得懂國中小 1200 字，最遲在三秒內能說出正確答案。

我知道！

搶答請

目標 2 讀的目標：

【小學畢業前】

高標 2000 ～ 3000 單字

能夠看得懂衍生單字，達到 2000 字的單字理解能力，甚至能夠挑戰 3000 字讀的懂的目標。

低標 1200 ～ 2000 單字

能夠看得懂國中小 1200 字，最遲在五秒內能說出正確答案

目標3 拼字的目標:

【小學畢業前】

高標　1200 ～ 2000 單字

能夠正確拼出國中小基本英文字彙 1200 字,提早三年完成國中畢業目標,甚至能夠挑戰衍生相關單字 2000 字的目標。

低標　600 ～ 1200 單字

能夠正確拼出國中小基本英文字彙 600 字。

　　有了對的目標,好的檢驗工具,也確定了優先順序,孩子在完成最困難的拼字目標後,會走得更穩健,更容易,也更有自信。

◆ 五種輔助工具:善用學習單字的良方妙法

　　工欲善其事,必先利其器。

　　中文的學習對孩子都已經不容易了,更何況是英文呢!所以請爸媽跟著我們,運用各種單字學習工具,讓孩子在單字學習之路走得更輕鬆。

 工具 1 MP3 播放出來（讓孩子聽得懂說得出來）

聽和說是語言學習的基礎！

在古代識字率不高，但是所有人都還能用語言溝通，靠得就是能說和能聽的能力。所以設法讓孩子回到根本，創造一個不斷練習的環境很重要。在日常生活中，利用 MP3 教學，讓孩子邊聽邊說，是非常有幫助的方法。

這就是開「聽」有益，反正平常有事沒事讓孩子多聽一些英文教學節目或英語 CD ／ MP3，一定會有幫助。而本書更有系統的幫各位爸媽準備了 1200 單字的 MP3 錄音，從發音到拼字都有。爸爸媽媽可以讓孩子在吃早餐的時候，還有晚上睡覺前當搖籃曲，每天讓孩子收聽，就像是唸經一樣做早課晚課。相信一兩年下來，這個不斷洗腦內化的過程，孩子對於 1200 單字的掌握，會趨近於反射動作了！請參考《孩子，英文單字好簡單：字卡應用篇》一書，具體實用在生活裡。

 工具 2 單字字卡（經常把玩看得懂）

別小看這個傳統工具，它的效果其實非常好！

我們要幫孩子創造類母語的環境，增進孩子對單字的辨識能力，這個方法是一個捷徑。孩子大量閱讀，透過閱讀去認識單字當然是最紮實有效的方法。但畢竟這樣花費的時間非常可觀，所以在鼓勵孩子大量閱讀的前提下，我們希望爸媽能夠每天花 15-30 分鐘，利用單字小卡片讓孩子熟悉單字的形狀（外觀）。

建議步驟如下：

① 爸爸媽媽可以把字卡的英文字給孩子看。

② 讓孩子先試著唸出來，若不會唸，試著把音節拆分，從音節來猜猜如何唸。

③ 再試著解釋出中文的意思。

④ 最後再聽一遍 MP3，會同字卡，再確認發音和意思。

　　所以歡迎爸爸媽媽使用本書的姐妹書，也是有最佳學習工具《孩子，英文單字好簡單：字卡應用篇》一書，就是要幫助爸爸媽媽創造一個微型的類母語環境，不斷與孩子反覆練習，走到哪學到哪，熟悉單字的形狀長相，久而久之就一定記起來了。

　　提醒一下，為了增加學習的活潑性，也不妨設計一些字卡遊戲與孩子同樂喔！

 情境圖片（生活應用）

　　將單字用在生活當中，用得到，才不會忘記，就好像大人使用密碼，常用的密碼就不會忘，久久才需要登入的帳號密碼就很容易忘記。

　　利用很多整理好的情境圖片，可以和孩子一起練習這些去過或是在身旁的地方，孩子的記憶印象會特別深刻。

　　甚至把這些圖片貼在家裡，讓孩子可以看著這些圖片，再對應家裡的實體物品把字的發音說出來。

　　所以本書也整理了數十種我們日常生活裡會與孩子經歷的情境，這些情境都搭配可愛的插圖，爸媽帶著孩子一起體驗，單字學習效果加倍哦！

 用字典（自主學習）

要孩子的認字能力增加，閱讀的功夫不能少。

孩子有很多單字不認識是正常的，我們建議爸爸媽媽要試著讓孩子自己查字典。這就跟人生一樣，我們要教導孩子解決問題的方法，然後讓他們自己去解決問題，才不會養成爸寶或媽寶。

閱讀英文也是，碰到不會的單字就是碰到問題，孩子要自己去查單字去解決問題，而不是讓他們看解答，這樣學習效果最佳，若是查單字查到煩，孩子便知道記住單字就一勞永逸，而且在查單字的過程，對單字的印象也會特別深刻。

孩子字典的選擇要注意，千萬不能像大人的字典越厚越好，越多解釋越好。小孩的語言能力沒有這麼強，心思也沒有這麼複雜，而兒童閱讀的書籍也相對簡單。一本字典若是太厚、單字解釋太多（有的單字甚至有好幾十個解釋），不容易查，而且也不容易選擇該單字正確的解釋，容易讓孩子產生挫折感。

所以選擇一本單字解釋不多的字典（或是線上字典），讓孩子容易查、容易猜意思，這樣孩子的成就感才能很快建立，挫折感也會降低。

 玩單字遊戲（快樂學）

沒有孩子不喜歡玩樂的。

我們在與孩子共學的過程，慢慢摸索出一些方法：就是「寓教於樂」。

特別是對最辛苦的拼字學習，我們會安排一些兩個孩子一起玩的拼字比賽遊戲，讓孩子覺得有趣。像是比手劃腳，搶答遊戲，接龍遊戲，爸媽可以用我們提供的字卡來設計各種遊戲。

此外，我們也尋找了不少 app 可以做拼字比賽遊戲，目前大概有十幾種以上類似的遊戲應用程式，例如： 英文腦速測驗、超級單字王……等等，爸媽可以到「商店」去尋找，讓孩子在不傷視力的情況下酌量使用，也是饒富趣味呢！

透過不同遊戲的交互使用，孩子的確在單字學習，特別是拼字上，找到了更多樂趣，有時候還搶著說要玩拼字遊戲呢！

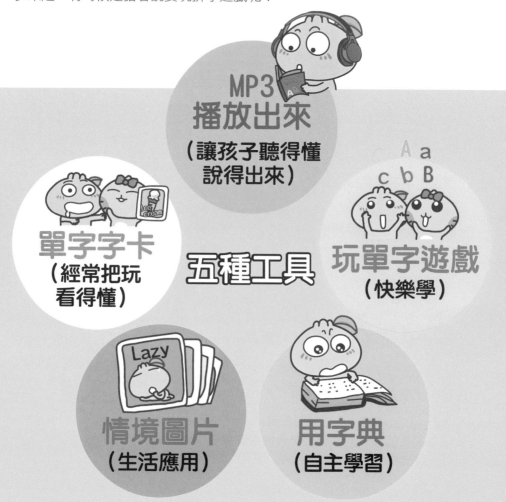

MP3
播放出來
（讓孩子聽得懂
說得出來）

單字字卡
（經常把玩
看得懂）

五種工具

玩單字遊戲
（快樂學）

情境圖片
（生活應用）

用字典
（自主學習）

◆ 七個訣竅：善用學習小訣竅

孩子學習英文單字，一定和國高中生在學校的學習方法不同。學單字的時候，難免會覺得枯燥乏味，難以集中注意力，這時候運用上述的五種工具，再加上一些小訣竅來輔助孩子學習，相信一定能事半功倍！

訣竅 1 回應單字不要背的基本原則，強調單字的自然學習，讓孩子不要感覺是在學單字，盡量在生活中找到聽覺和視覺上對英文字彙的接觸機會，透過生活的對話、故事書的閱讀、英文影片的觀看，避免字彙的呆板記憶背誦，也就是先不強調拼字（ spelling ）。

訣竅 2 善用圖片字卡及 MP3，結合單字的聲音，圖像及應用方法，提高右腦學單字的比率，記得要不斷重複接觸，習慣成自然，就能建立影像和聲音的連結了。

訣竅 3 利用零碎時間，不管是本書的 MP3，還是英文書籍雜誌的 MP3，盡量播放就對了！早餐播放 10 分鐘，睡前播放本書 10 分鐘，晚飯後播放 10 分鐘，每天 30 分鐘，假日在車上在偶爾聽一聽，日積月累，讓孩子熟悉單字讀音，學習單字的效果會自然顯現出來。

像我們的兒子因為聽太多次 MP3，有時候在車上播放時，他還會不自覺就早 MP3 一步把它念出來了。因為這些都是生活的零碎時間，也可以同時做其他事，所以是最不傷神，又節省時間的小訣竅喔！

訣竅 4 持之以恆，每天維持孩子 15 分鐘到半小時的單字學習時間即可。持續太久也不好，孩子會無法集中注意力。每天大概維持 20 個單字的數量，一天以聽說為主，一天以

閱讀單字來交替變化，每隔一週再試著練習單字記憶，用掌握母音發音的方法來試著拼單字。請牢記：若是孩子還不會看、不會唸時，千萬別開始要求他拼該單字喔！以 100 個單字為一個階段，不斷的重複進階。

訣竅 5 同時有兩個以上的孩子一起學習效果最好，可以藉由與同儕互動提升學習效果。爸媽透過單字競賽，準備小獎勵，孩子就會把學單字當成是遊戲。我們的做法是藉由單字競賽，讓姐弟比賽看誰先舉手回答出正確答案，贏的人可以先玩樂高，或是先吃喜歡的零食。但比賽不是重點，能讓孩子覺得有趣才重要，但也必須避免過度挑起彼此的競爭意識。

這也不僅是比賽的效益而已，小孩就是喜歡有伴，所以除了手足外，也可以找親戚，鄰居朋友的孩子偶爾聚一聚玩單字遊戲，還可以鼓勵他們用英文來簡單聊天。

訣竅 6 運用自然發音法來拆解母音字母記憶單字，讓孩子能夠透過大量練習感受每個單字的母音結構，然後透過母音結構來記憶單字。比方說 banana 這個單字，孩子已經透過大量聽說學習，直覺反應有三個母音，剛好都是 a，其中有三個音節（子音＋母音），帶著孩子念一遍感受結構再把單字三個音節拆開背出來：ba-na-na，這樣就不容易忘了。請多利用本書附錄字卡來反覆練習。

請爸媽記得欲速則不達，千萬不要在孩子與單字還沒有任何情感或記憶連結前，就要他們背單字，這往往會適得其反。更多完整細節，請詳閱本書一下章節關於自然發音法的介紹。

訣竅 7 教孩子如何舉一反三很重要。比方說從部首的學習舉一反三，學了單字 +er 是變成「……人」。所以學了 teach（教）

後，就可以學 teacher（老師），學了 work（工作）後，就可以學習 worker（工作者）。

此外，學了 teacher 這個單字後，還可以問問孩子：「Who is your English teacher?（誰是你的英文老師？）」、「Who is your math teacher?（誰是你的數學老師？）」碰到老師時，也可以鼓勵孩子開口說 Teacher ＋名字（例如：Teacher David）。

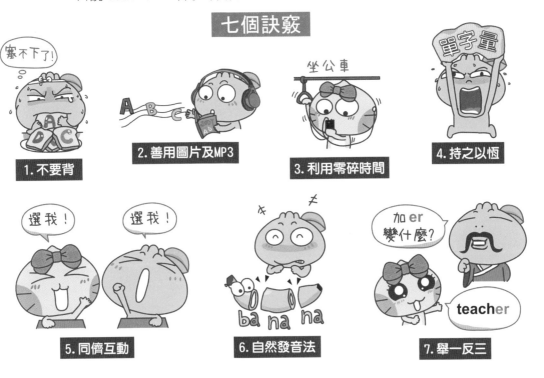

七個訣竅

1. 不要背

2. 善用圖片及MP3

3. 利用零碎時間

4. 持之以恆

5. 同儕互動

6. 自然發音法

7. 舉一反三

◆ 九個步驟：單字記憶的基本馬步法

下面九個步驟是原則性的參考順序，結合五種工具和七個訣竅的概念，在實際的互動過程中，不一定要完全依照下述步驟，可以根據互動情境和孩子的學習情況，重複或迅速跳過某一個步驟。在此以 teacher（老師）這個單字為例，列出可以學習的九大步驟。其他 1200 單字可依照此原則，搭配本書各章節與孩子重複及持續的練習這九大步驟。

 培養發音語感（phonics）

　　認識單字的聲音，不用非常正式的教導孩子去記 KK 音標。其實孩子只要熟悉 26 個字母的發音，與五個母音（a, e, i, o, u）的一般發音，然後運用一些自然發音的書籍，體會母音和子音連接的音感，並提醒他們有一些發音規則的例外，這樣就非常足夠了。以母音來提示孩子的發音，例如：teacher 這個單字是兩個音節，以長母音的 ea[i] 作為發音基礎。我們剛開始的時候，會在單字母音字母下作底標，提醒小朋友。

★小提醒：關於自然發音法的學習，請詳見本書 Part1 自然發音的專章介紹
　　　　　及練習的部分。

 聽覺記憶連接

　　進一步熟悉單字的聲音，在記住單字的發音後，儘量花約半小時時間播放 MP3，可以在練習時間，也可以在戶外教學時，或是在睡前。讓孩子習慣聽到 teacher 的音時，就馬上聯想到老師。請記住要先把音節分開再學習發音，也就是練習發音的時候，請孩子將 teacher 分成 tea 和 cher 兩個音節來練習，提醒他們這個單字裡有兩個母音。這種將單字分出音節的發音練習法效果是立竿見影的，例如：當孩子看到字卡試着發 coat 的音時，雖然他們一開始會唸成 cold，並不完全正確，但是至少孩子已經開始嘗試自己發音了，唸單字的功力會進步神速。

★小提醒：建議搭配我們寫的《孩子，英文單字好簡單：字卡應用篇》，熟
　　　　　悉字卡中標示母音的部分，建立孩子聽覺的連接。

 視覺記憶連接

　　再來要記住單字的長相（單字結構），這個部分就是重頭戲了。準備好單字

字卡，將單字的英文（不含中文）給孩子看，請孩子看著英文字 teacher（老師）或這個字的圖片時，試著把單字唸出來，若是孩子發音不正確，則在一旁引導孩子唸出正確讀音。通常經過三到五回合的發音練習和視覺記憶的交叉練習，孩子對這個單字就會慢慢有印象進而產生記憶連結。

★小提醒：建議搭配我們寫的《孩子，英文單字好簡單：字卡應用篇》，熟悉字卡中的單字字形，建立孩子視覺的連接。

步驟 4　建立與單字的情感

　　在經過步驟 1 ～ 3，各自練習三至五回合後，只要測試孩子是否可以說出這個字的中文意思、迅速且正確地唸出單字，這樣就可以判斷這個字對他而言不再陌生。一旦孩子能在五到十秒內唸出正確讀音和連結相關意義，這個步驟的練習就算成功了。

步驟 5　建立單字的熟練度

　　對於已經熟悉的單字，爸媽可以請孩子將單字帶入一些簡單的英文例句練習，例如將 teacher 帶入「I like...（我喜歡……）」句型，例如：I like my math teacher.（我喜歡我的數學老師。）請多運用生活對話，建立對單字情感上的連結，也可以參考《第一本親子英文會話書：孩子，英文會話開口說》，多和孩子把單字應用在生活中，建立熟練度。

步驟 6　培養反射動作

　　等到孩子能夠很迅速地在看到字卡時馬上唸出 teacher 的讀音，也能迅速說出中文的意思的時候（其實若是小朋友能用英文解釋更好，不過若對小孩太難，

我們是覺得用中文説出單字意思也很好，不用給孩子過度壓力），就可以開始學習子音連接母音的發音規則，使孩子可以自行唸出單字的正確讀音。

★小提醒：建議搭配我們寫的《孩子，英文單字好簡單：字卡應用篇》，在不要提示中文的情況下，給孩子快速地一張張字卡瀏覽練習。

 步驟7 回頭複習

　　隔一段時間（也許一到兩週）在不給予任何提示的情況下，給孩子看看字卡，引導孩子正確唸出單字。若是沒有印象，則再藉由發音規則和上述步驟 3 的視覺記憶方法，帶領孩子練習根據單字原則唸出單字、再回想意思，反覆練習。慢慢來，不要給孩子太大壓力。

步驟8 適當的單字延伸學習（extension）

　　適當的單字延伸學習（extension）：等到孩子熟記單字的意思後，開始更上一層樓。比方説已經熟記 teach 就是英文動詞「教」的意思，把 teach 加上字尾 er 就是老師的意思。而 beauty 是「美女」或「美麗」的意思，而 beauty 的 y 變成 i 後，再加字尾 ful 是英文形容詞「美麗的」。

★小提醒：請使用本書的部首專章 Part2（p.130），讓孩子建立對主要字首字尾的熟悉度，並以此進一步練習。

 步驟9 不斷練習與實用

　　一旦孩子已經建立了這個單字的完整記憶連接，就可以用這個單字開始進行簡單的英文對話練習，並三不五時在生活中重複使用這個單字，建立孩子對單字的深度記憶，例如：

	Who teaches you English?	誰教你們英文？
Mom / Dad	Who teaches you English?	誰教你們英文？
Kids	Miss Chen teaches us English.	陳老師教我們英文課。
Mom / Dad	Do you like her?	你喜歡她嗎？
Kids	Yes, she is a good teacher!	是的，她是個好老師！

單字記憶的基本馬步法：

1. 培養發音語感 ➡ 2. 聽覺記憶連接 ➡ 3. 視覺記憶連接 ➡ 4. 建立與單字
   (phonics)　　　　　　　　　　　　　　　　　　　　　　的情感

　　　　　　　　　　　　　　　　　　　　　　　　　　　5. 建立單字的
　　　　　　　　　　　　　　　　　　　　　　　　　　　熟練度

9. 不斷反覆練習 ⬅ 8. 適當的單字 ⬅ 7. 回頭複習 ⬅ 6. 培養反射動作
　　　　　　　　　延伸學習
　　　　　　　　　(extension)

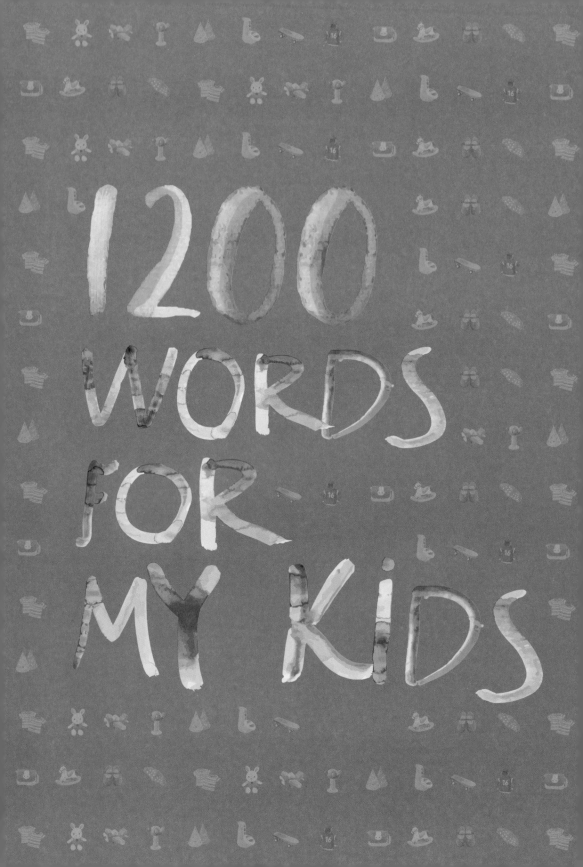

Part 1

從發音規則
　　　學習單字

Part 1 從**發音規則**學習記憶單字

　　我們一直強調：在英文學習上，不要讓孩子死背單字，而是要帶領孩子先熟悉字的「聲音」，大聲唸出來，再習慣單字的「長相」，這樣就會很容易記住單字。熟悉的單字累積愈來愈多後，聽、說能力的加強就變得很容易。

　　目前流行的自然發音法（Phonics）就是：以自然記憶的方法，把每個單字裡英文字母與字母的連接組合，直接發音後唸出單字的發音方法。簡單來說，就是以字母發音為基礎來拼讀單字，然後透過大量的練習，慢慢地熟悉單字發音。

　　從我們自己的親身經驗來看，讓孩子學習自然發音法，當然比學習 KK 音標來得輕鬆沒有壓力，但英文畢竟融合了許多不同的語言系統，所以有許多例外的發音規則，爸媽是否要讓孩子在學自然發音法的同時還去背誦這些例外的規則？

其實，這麼多的發音規則，連大人看了都眼花撩亂了，更何況孩子？所以我們不建議孩子在學習自然發音法時去背太多的規則，這樣反而會讓孩子絆手絆腳不敢開口。

一開始只要讓孩子輕鬆地看單字學發音就好了，不需要一直跟他們提特別的規則或例外原則。只要孩子看多了、聽多了，就會在不知不覺中建立辨認單字發音規則的直覺。

在本章中，會從國中小學基本英文字彙 1200 字出發，以自然發音法的母音字母發音為基礎，透過 KK 音標母音歸類（但不外顯）來帶入自然發音法的觀念，並結合音節記憶的技巧，讓孩子在不斷練習中，內化自然發音及發音規則的學習。爸媽只要提醒孩子以下幾個發音原則就好：

把握6個原則：

1. 熟讀26個字母

2. 多唸多感覺

3. 不要硬背規則

4. 認識母音發音

5. 不發音例外原則

6. 了解母音子音的差別

　　既然使用自然發音法，就要從根本，也就是英文 26 個字母的發音開始學習。不用特別記憶什麼規則，只要爸媽與孩子不斷地、清楚地唸出 26 個字母的發音，就能為發音學習奠定良好的基礎。

　　透過 26 個字母的排列組合，母音子音結合成的音節形成一個單字。可以讓孩子具體去想像：一個單字就像一棟房子，每個音節就是一層樓，母音就是每一層樓的鋼筋，而子音就是每一層樓的水泥。

　　母音的發音有許多不同的規則，以英文字母 a, e, i, o, u 及一些組合字母（au,ou,ea,ee……）為核心。母音是每個音節的骨幹，一旦掌握到母音發音的感覺，就容易念出單字的聲音，進而就可牢記在心。（我們在以下的章節會為爸媽整理出一百多種母音規則）

　　子音的發音規則固然很多，但只要引導孩子記住 26 個字母中子音字母的發音，再記住幾個特別的發音規則，就非常夠用了。例如：

◀ *Track 001*

B: baby 寶貝 、 boy 男孩 、book 書 、
before 在……之前

C: cat 貓 、cake 蛋糕 、 call 呼叫 、 clear 清楚的

CH: chair 椅子 、chalk 粉筆 、chance 機會 、
cheap 便宜的

D: desk 桌子 、decide 決定 、duck 鴨子 ，dry 乾的

F: fail 失敗 、 far 遠的 、 fork 叉子 、Friday 星期五

G/ GH: garbage 垃圾 、glass 玻璃杯 、goat 山羊 、gray 灰色的 、
ghost 鬼

GH 字尾: laugh 笑 、rough 粗糙的 、enough 足夠的

H: half 一半的 、ham 火腿 、head 頭 、heart 心臟

J: jog 慢跑、join 加入、June 六月、July 七月

K: key 鑰匙、keep 保持、kiss 親、kitchen 廚房

L: lake 湖、large 大的、lamp 燈、listen 傾聽

M: mail 郵件、mask 面具、milk 牛奶、mistake 錯誤

N: nail 指甲、next 下一個、notice 注意、number 號碼

P: paper 紙、page 頁、parent 父母、pear 梨子

PH: photo 相片、philosophy 哲學

Q: quarter 四分之一、queen 皇后、quick 快的、quiz 小測驗

R: read 讀、real 真正的、rest 休息、robot 機器人

S: sail 航行、same 相同的、school 學校的、season 季節

SH: shore 海岸、shop 店、fish 魚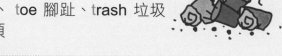

T: taste 味道、 toe 腳趾、trash 垃圾 、 trouble 麻煩

TH: think 想 、throat 喉嚨、thin 薄的、thick 厚的

V: vest 背心、visit 拜訪、very 非常地、vegetable 蔬菜

W: wall 牆壁、want 要、welcome 歡迎、winter 冬天

Y: yes 是的、year 年、yellow 黃色的 、you 你

Z: zoo 動物園、zero 零、zebra 斑馬

 原則2 多唸多感覺

　　除了多看單字之外，一定要大聲讀出來。爸媽不用特別問孩子為何 apple 的母音 a 和 wall 的母音 a 發音不同，也不用問 life 的母音 i 和 wind 的母音 i 為何發音不同，也不用讓孩子特別去記憶短母音長母音的使用規則，只要讓孩子沒有壓力地大聲地不斷地唸出 apple 和 wall，以及 life 和 wind 就好。爸媽可以把發音練習結合日常生活、融入在親子的英文對話中，孩子就可以透過語感的建立慢慢發展正確的發音直覺。比方說，知道 life 的發音，同樣都是 i- 子音 -e 的單字 wife 或 bite 的發音不就可以輕鬆地學起來？

 原則3 不要硬背規則

　　再次提醒爸爸媽媽，學習自然發音時，爸媽可以引導孩子認識規則，但本章節列出的原則就好，不需要讓他們死背規則，因為這樣一來就跟背 KK 音標沒有兩樣了。英文發音規則的例外情況實在太多了，五個母音字母的發音就有各種不同的變形，再加上雙母音字母也有不同的發音方式，全部加起來有好幾百種，若再考慮搭配不同子音的情況，會變得更為複雜。

　　比方說常困擾孩子的短母音長母音，雖然有發音規則（以下不要背……）：

❶ 單獨 a、e、i、o、u 的時發短母音的 [æ]、[ɛ]、[ɪ]、[a]、[ʌ]。

❷ 若五個母音字母後面加上一個子音，再加 e，或是加上其他母音，或是所謂半母音 w、y 的話，就經常發長母音 [e]、[i]、[aɪ]、[o]、[u]。

　　這樣的規則其實有例外，而且也很抽象，所以發音的規則孩子不一定要背，而是多利用本書以下的規則不斷去感覺。真的要記憶，也是「提醒」孩子常用的發音規則就好。

原則 4　認識母音發音

　　母音發音的方式，若以 KK 音標來歸類一下共有 17 個。（不用特別去背 KK 音標和單字，用自然發音法去感受就好）字母以 a、e、i、o、u 組成。字母就像是房子的棟樑，每個母音就構成了一個音節，結構清楚了，一個單字的發音就容易念出，也更容易根據母音的結構及單字發音，用理解及模擬的方法來有效拼字學習。母音的發音變化雖然很多，但在英文字母上就是 a、e、i、o、u 及這五個字母互相組合起來的發音（有時候會搭配幾個其他特定半母音，如 y、w……）。先看單字中的母音字母，找出音節，單字就容易念出來拼出來了。

母音一覽表（用 KK 音標及自然發音分類為例）

◀ *Track 002*

單母音字母 a、i、u、e、o　　　　　　　　　　　　　　　　　　自然發音

[e]	able	age	airplane	Long a
[ɛ]	any	anyone	care	Short e
[æ]	actress	after	and	Short a
[a]	arm	art	barbecue	Short o / Soft a
[ɪ]	insect	inside	interest	Short i
[ɝ]	circle	dirty	first	／
[aɪ]	bike	bite	blind	Long i
[u]	junior	menu	glue	Long u
[ʊ]	pull	push	put	／
[i]	eve	even	evening	Long e
[ɚ]	butter	computer	corner	／

[o]	almost	also	bored	Long o
[ɔ]	across	along	before	╱
[ʌ]	become	brother	color	Short u
[ə]	convenient	correct	dragon	╱

（註：有些自然發音書籍用 Soft a 來表達母音字母為 a 而發出 [a] 的音。本書為求簡化，後續母音字母只要是發出 [a] 的音，都會標示為 Short o。）

雙母音：ou，oi

[aʊ]	mouse	mouth	ground	cloud	╱
[ɔɪ]	join	noise	oil		╱

 原則5 **不發音的例外規則**

　　如上所述，發音規則多，例外的發音情況也多。所以建議孩子不要一個一個記憶，最多是記一些不發音母音或子音的特別情況，一些常見例外如下：

- 字尾子音 +e　外來字除外
    wake 醒、like 喜歡、 make 做、 take 拿、ride 騎

- b 不發音：m+b
    climb 爬山、bomb 炸彈、comb 梳子、crumb 碎屑

- d 不發音：多音節中音節字尾／d+g
    handsome 英俊的、wednesday 星期三
    badge 名牌、dodge 躲避、bridge 橋樑

- g 不發音：同音節 g+n
  sign 號誌、design 設計、foreign 外國的

- h 不發音：h+ 母音 o、e
  hour 小時、honest 誠實的、honor 榮耀、heir 繼承人

- gh 不發音：gh+t
  night 晚上、knight 騎士、light 燈、daughter 女兒、right 對的

- k 不發音：k+n
  know 知道、knee 膝蓋、knot 節、kneel 下跪、knight 騎士

- m 不發音：m+n
  autumn 秋天、column 欄

- w 不發音：w+r
  write 寫、wrap 包、wrong 錯誤的

不要背~
自然形成語感

背不起來！

看到這裡會不會搞混了呢？其實不用擔心緊張，也不用特別去記憶，只要不斷地聽不斷地唸，孩子的吸收力很強，自然能形成語感而記住。

前面介紹過母音和子音。對於已經熟悉了一些單字發音的孩子，爸媽可以適度提醒，在英文單字裡，每一個單字會由一個到數個音節來組成，每個音節中會有一個母音＋幾個子音。

中文和英文不同的地方就在於：中文每個字只有一個音節（就是一個字只有一個母音），而英文單字則有一個到數個音節不等。為了有效地記憶英文單字，就要區隔子音和母音的差別，然後掌握母音的位置和發音來記憶音節，這樣來協助記憶單字就容易多了。

若是我們觀察諧音的記憶法，其實就是利用每個音節的發音模擬成中文發音來學習的。

當然，英文的單字發音和德文不同，不是用字母來做為發音。所以聽聲音和音節來拼字時，不見得會完全正確。但是不用擔心，雖不中亦不遠矣，孩子可以再根據實際單字發音再做修正，尋求正確的拼字法。

所以我們會告訴孩子，將單字的「長相」（拼法）和自然發音結合在一起看單字，也就是在熟悉單字相貌（拼寫方式）的時候，也要特別看看這個單字裡有幾個音節。辨認音節的方法很簡單，就是看到單字裡單獨出現的母音 a、e、i、o、u 或（y）有幾個，或是兩到三個組合的母音（比如說 au、ou、ue……）有幾組。要特別注意的是，連接在一起的兩個母音，只能算成一組，不能算作兩個喔。

所以一開始分辨單字音節的時候，我們會帶著孩子把單字的母音用底線標起來，特別是兩個母音連音的部分。這樣的練習持續一陣子後，不用畫底標孩子都可以知道怎麼分音節了。熟悉這個原則後，孩子可以分成音節來記憶單字，每個音節才幾個字母，比一次記憶整個單字十幾個字母要容易多了。這就像我們記憶身份證字號，或是電話號碼一樣，會拆成三到四組數字記憶一樣。

而且對於音節掌握後，孩子對於重音的掌握也會比較好，還有孩子在學習文法比較級的時候，也會知道何時要用 more（多音節）及何時要用 er（單音節）了！

練習數音節

　　辨識音節及母音字母（包括單母音及雙母音字母）對於學習自然發音法是很重要的關鍵。下面就讓我們和孩子一起試試看，找出單字中有哪幾個音節以及哪幾個母音，請注意母音 e 在字尾通常不發音。（音節區隔方法有略作調整，以便於記憶）

◀ *Track 003*

題目	答案（音節）	答案(母音)
about	a·bout　2個音節	單母音: a 雙母音: ou
afternoon	af·ter·noon　3個音節	單母音: a、e(r) 雙母音: oo
actress	ac·tress　2個音節	單母音: a、e
few	few　1個音節	雙母音: ew
airplane	air·plane　2個音節	單母音: a 雙母音: ai
apartment	a·part·ment　3個音節	單母音: a、e
badminton	bad·min·ton　3個音節	單母音: a、i、o
business	busi·ness　2個音節	單母音: u、e
centimeter	cen·ti·me·ter　4個音節	單母音: e、i、e(r)
chopsticks	chop·sticks　2個音節	單母音: o、i
coffee	cof·fee　2個音節	單母音: o 雙母音: ee
convenient	con·ve·ni·ent　4個音節	單母音: o、e、i
cook	cook　1個音節	雙母音: oo

cow	cow 1個音節	雙母音: ow
dream	dream 1個音節	雙母音: ea
dumpling	dump·ling 2個音節	單母音: u、i
easy	ea·sy 2個音節	雙母音: ea 半母音: y
experience	ex·pe·ri·ence 4個音節	單母音: e、i
floor	floor 1個音節	雙母音: oo
friend	friend 1個音節	雙母音: ie
garbage	gar·bage 2個音節	單母音: a
group	group 1個音節	雙母音: ou
hamburger	ham·bur·ger 3個音節	單母音: a、u(r)、e(r)
health	health 1個音節	雙母音: ea
house	house 1個音節	雙母音: ou
important	im·por·tant 3個音節	單母音: i、o、a
kangaroo	kan·ga·roo 3個音節	單母音: a 雙母音: oo
knowledge	know·ledge 2個音節	雙母音: ow 單母音: e
lettuce	let·tuce 2個音節	單母音: e、u
market	mar·ket 2個音節	單母音: a、e
medicine	me·di·cine 3個音節	單母音: e、i
new	new 1個音節	雙母音: ew
number	num·ber 2個音節	單母音: u、e(r)

office	of·fice 2個音節	單母音: o、i
over	o·ver 2個音節	單母音: o、e（r）
parent	pa·rent 2個音節	單母音: a、e
perhaps	per·haps 2個音節	單母音: e(r)、a
queen	queen 1個音節	三母音: uee
question	ques·tion 2個音節	雙母音: ue、io
restaurant	res·tau·rant 3個音節	單母音: e、a 雙母音: au
rose	rose 1個音節	單母音: o
salad	sa·lad 2個音節	單母音: a
seesaw	see·saw 2個音節	雙母音: aw、ee
Taiwan	Tai·wan 2個音節	單母音: a 雙母音: ai
tidy	ti·dy 2個音節	單母音: i 半母音: y
understand	un·der·stand 3個音節	單母音: u、 e（r）、a
use	use 1個音節	單母音: u
violin	vi·o·lin 3個音節	單母音: i、o
very	ve·ry 2個音節	單母音: e 半母音: y
water	wa·ter 2個音節	單母音: a、e(r)
win	win 1個音節	單母音: i
year	year 1個音節	雙母音: ea

我會！

zoo　　　　　zoo　1個音節　　　　雙母音: oo

　　當孩子可以正確無誤辨識出以上單字的音節數與母音分布時，就可以繼續往下讀囉！

關於本單元的練習數音節部分補充教學

1 是以自然發音法及音節區隔法的精神並用來做設計，最符合孩子的學習需求。

2 音節標示完全不用記憶，僅用來協助單字記憶。更多練習請參考另一本書：《孩子，英文單字好簡單：字卡應用篇》。

3 音節記憶部分，原則上以常用音節區隔規則來標記。在考慮孩子單字記憶的效果，在兩個母音共享一個子音（輔音）的情況下會略做調整，將子音（輔音）分配到後音節，以利於孩子更清楚辨識出子音，而有效地聽聲拼字。

4 比如說 stud·y，會調整為 stu·dy，Sat·ur·day 會調整為 Sa·tur·day，na·tion·al 會調整為 na·tio·nal，weath·er 會調整為 wea·ther。

5 由於英文自然發音下有許多例外，聽聲辨字無法做到百分之百正確。但是達到八九成以上準確率，再透過音節記憶後，孩子稍微調整拼字，就很容易透過聲音及字形把單字記起來了。

6 發音母音以紅色字體表示，音節以圓點隔開。

7 數音節的時候，可以：
第一先找出單母音或雙母音字母（標記紅字）。
第二是找到前面依靠母音字母的子音字母。
第三再把沒有依靠的子音字母去依靠最近的母音字母，沒有子音字母來依靠的母音字母則單獨形成一個音節。

◆ 母音發音法單字自然學習導讀練習表

本列表學習法原則（請仔細閱讀這些原則後學習）：

a 不用強記規則，以母音字母為基礎記憶音節，不斷反覆收聽 MP3

b 將類似發音的字歸類在一起，多唸多熟悉

（本書為便於分類，僅借用 KK 音標圖示做母音分類指示參考，但不會使用
　來做單字發音表示。讀者也可以使用自然發音法長母音和短母音規則。）

c 唸熟後可試著聽聲音練習拼字

d 列表單字皆為國中小常用 1200 字，額外補充單字會標記 ★

e 未來可以舉一反三，根據這 1200 字的發音規則來應用在其他單字學習

（如多母音字母的發音規則學習，以後可以活用在數量龐大的高中字彙上）

本列表學習法母音發音單字出現順序規則：

1 從單音節到多音節

2 多音節從母音字母在第一音節到第二音節

3 該音節從母音字母在發音子音字母後出現的順序排列

4 發音相似的單字放在一起

5 從單母音字母到雙母音或多母音字母

Note

發音字母指有發出單音的字母，比方
說 ch、sh、th 等算為一個發音字母，
而 st、sw……等為兩個。

這個原則是讓孩子反覆收聽，透過符
合邏輯的單字出現規則，以母音為結
構來有效記憶單字的聲音，進一步在
未來能夠拼出單字。

◆ 1200 字母音發音歸類整理

不用強記，不斷練習，
收聽音檔即可！

第 1 節 **單母音字母** ★ 代表非 1200 單字範圍

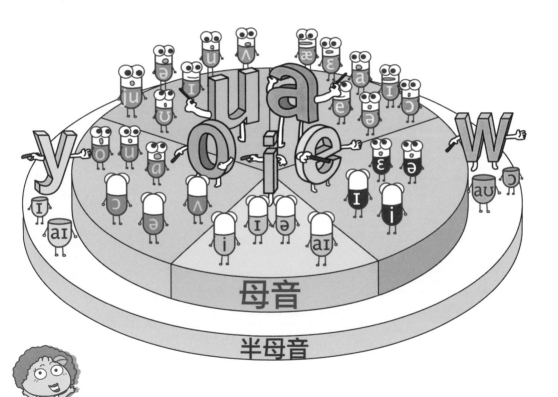

母音

半母音

每個母音就有好多種不同的長短母音的發音（以KK音標和自然發音法為例）

a-1 字母 a [æ]（短母音）short a

a-1-1 a 在字首發音 ◀ Track 004

as 與……一樣	at 在	and 和	ant 螞蟻
ask 問	after 在……後	angry 生氣的	apple 蘋果
animal 動物	answer 答案	actress 女演員	

a-1-2 單音節 ◀ Track 005

fan 扇子，粉絲	mad 瘋狂的	man 男人	map 地圖
bat 球棒	ham 火腿	bad 壞的	bag 袋子
cap 無邊帽	cat 貓	rat 老鼠	can 能
mat 墊子	gas 瓦斯	hat 帽子	sad 傷心的
back 在……後	band 樂團	bank 銀行	bath 洗澡
camp 帳篷	sand 沙子	fast 快速的	fact 事實
mask 面罩	math 數學	hand 手	hang 懸掛
have 有	pack 包	pants 褲子	lamp 燈
half 一半	land 土地	last 最後的	pass 通過
past 過去的	catch 抓	dance 跳舞	laugh 大笑
chance 機會	than 比	that 那個	shall 應該
thank 謝謝			

• 以下也是單音節哦～

glad 高興的	gram 克	plan 計劃	clap 拍手
black 黑的	class 班級	glass 玻璃杯	grand 巨大的
grass 草	plant 植物	snack 點心	stamp 郵票
stand 站	trash 垃圾		

【冷知識】把前面子音字母拿掉又變成另一個字，但 a 的唸法是一樣的

| ★lad 男孩 | ★ram 打樁機 | ★lap 競賽場的一圈 | ★lack 欠缺 |
| ★lass 小姑娘 | ★rand 墊在鞋後跟的 U 型硬皮 | ★tamp 用泥土填塞 | ★rash 草率魯莽的 |

a-1-3 多音節之第一音節 ◀ *Track 006*

taxi 計程車	candy 糖果	carry 帶	marry 結婚
happy 開心的	habit 習慣	rabbit 兔子	magic 魔法
salad 沙拉	castle 城堡	candle 蠟燭	happen 發生
lantern 燈籠	basket 籃子	jacket 夾克	married 結婚的
matter 事情／在乎	package 包裹	bathroom 浴室	handsome 英俊的

sandwich 三明治	language 語言	dragon 龍	glasses 眼鏡
planet 星球	traffic 交通	practice 練習	blackboard 黑板
blanket 毯子	classroom 教室		example 例子
camera 照相機	family 家庭	factory 工廠	January 一月
balcony 陽台	national 國家的	Halloween 萬聖節	
hamburger 漢堡	badminton 羽毛球	Saturday 星期六	kangaroo 袋鼠

a-1-4 多音節之第二音節 ◀ *Track 007*

banana 香蕉	kilogram 公斤	program 節目	mailman 郵差
piano 鋼琴	perhaps 也許	unhappy 不高興	understand 了解

a-2 字母 a [e] (長母音) long a

a-2-1 a 在字首發音 (a_e,字尾多為子音 + e,e 不發音) ◀ *Track 008*

age 年紀	ache 痛	able 能夠	April 四月

bake 烘焙	cage 籠子	cake 蛋糕	case 情形／箱子
date 日期	face 臉	fame 名譽	lake 湖
late 遲的	make 做／使	name 名字	game 遊戲
gate 大門	hate 恨	page 頁	same 相同的
save 存／救	race 比賽	safe 安全的	wave 波浪
take 拿／取	tape 膠帶	wake 醒	sales 銷售
taste 味道	paste 漿糊	shake 搖	shape 形狀
change 改變			

• 以下也是單音節哦～

place 地方	plate 盤子	skate 溜冰	snake 蛇
space 空間	grade 年級	grape 葡萄	whale 鯨魚
strange 奇怪的			

【冷知識】把前面子音字母拿掉又變成另一個字，但 a 的唸法是一樣的

★lace 鞋帶	late 遲到的	★Kate 女生的名字	★pace 步伐
★rape 搶奪	★hale 健壯的	★range 幅度	

a-2-3 多音節之第一音節 ◀ Track 010

baby 寶貝	lazy 懶的	later 稍後的	paper 紙
table 桌子	radio 收音機	sacred 神聖的	famous 有名的
bakery 麵包店	baseball 棒球	salesman 銷售員	vacation 假期
favorite 喜愛的	dangerous 危險的	crazy 瘋狂的	station 車站
stranger 陌生人			

a-2-4 多音節之第二音節 ◀ Track 011

eraser 橡皮擦	tomato 番茄	classmate 同學
mistake 錯誤	teenager 青少年	vacation 假期

a-3 字母 a [ə]

a-3-1 a 在字首發音 ◀ Track 012

America 美國	American 美國人／美國的		
another 另外的	apartment 公寓	ago 以前	away 遠離
about 關於	above 在……上面	again 再	agree 同意

ahead 在前方	along 沿著	appear 出現	abroad 國外的
across 在……對面	afraid 害怕的	around 在……四周	arrive 到達

a-3-2 單音節 ◀ *Track 013*

a 一個　　　　　at 在

a-3-3 多音節之第一音節 ◀ *Track 014*

banana 香蕉	papaya 木瓜	machine 機器	spaghetti 通心麵

a-3-4 多音節之第二音節 ◀ *Track 015*

salad 沙拉	breakfast 早餐	husband 丈夫	island 島
thousand 千	salesman 銷售員	stomach 胃	Christmas 聖誕節
kangaroo 袋鼠	giant 巨大的／巨人		

a-3-5 多音節之常見字尾 -al [-əl]/[-l̩] ◀ *Track 016*

national 國家的	hospital 醫院	final 最終的	total 全部的
fatal 致命的	★mental 精神的	★coastal 沿岸的	★portal 大門

a-3-6 多音節之常見字尾 -able ◀ *Track 017*

vegetable
蔬菜

comfortable
舒適的

a-3-7 多音節之常見字尾 -ant ◀ *Track 018*

elephant
大象

important
重要的

restaurant
餐廳

a-3-8 多音節之常見字尾 -la ◀ *Track 019*

koala
無尾熊

umbrella
雨傘

a-3-9 多音節之常見字尾 -ary ◀ *Track 020*

elementary 初級的／基本的

a-3-10 字尾 ◀ *Track 021*

sofa
沙發

idea
想法

guava
芭樂

zebra 斑馬

camera
照相機

banana
香蕉

a-4 字母 a [ɛ]（短母音）short e ɛ

a-4-1 a 在字首發音 ◀ *Track 022*

any 任何的   anyone 任何人   anything 任何事

a-4-2 單音節 ◀ *Track 023*

care 照顧　　　　　　share 分享

a-4-3 多音節之第一音節 ◀ *Track 024*

careful 小心的　　　many 許多　　　parent 父母

a-4-4 多音節之第二音節 ◀ *Track 025*

library 圖書館

a-4-5 多音節之第三音節──常見字尾 -ary ◀ *Track 026*

| February 二月 | January 一月 | dictionary 字典 | secretary 秘書 |

a-5 字母 a [a]（短母音）short o

a-5-1 a 在字首發音 ◀ *Track 027*

arm 手臂　　　art 藝術

a-5-2 單音節 ◀ *Track 028*

car 車子	far 遠的	card 卡片	dark 暗的
mark 做記號	farm 農場	hard 難的／硬的	park 公園
part 部分	want 要	wash 洗	yard 院子
watch 手錶／看	march 遊行	large 大的	shark 鯊魚

• 以下也是單音節哦～

star 星星	what 什麼	smart 聰明的	start 開始

【冷知識】把前面子音字母拿掉又變成另一個字，但 a 的唸法是一樣的

★tar 焦油　　★mart 市場　　★tart 酸的

a-5-3 多音節之第一音節 ◀ *Track 029*

party 派對	water 水	farmer 農夫	father 父親
marker 簽字筆	market 市場	wallet 皮夾	garden 花園

garbage 垃圾	barbecue 烤肉

a-5-4 多音節之第二音節 ◀ *Track 030*

koala 無尾熊	apartment 公寓	department 部門	guitar 吉他

postcard
明信片

a-5-5 多音節之第三音節 ◀ *Track 031*

supermarket 超級市場

a-6 字母 a [I]（短母音）short i

a-6-1 多音節之第二音節 ◀ Track 032

orange
柳橙

garbage
垃圾

package
包裹

a-6-2 多音節之第三音節 ◀ Track 033

chocolate
巧克力

a-7 字母 a + (l) [ɔ]（短母音）

a-7-1 a 在字首發音 ◀ Track 034

all 全部的　　　also 也　　　almost 幾乎　　　always 總是

already 已經

a-7-2 單音節 ◀ Track 035

ball 球　　　call　　　　fall　　　　tall
　　　　　　　打電話／呼叫　掉落　　　高的

talk 說話　　salt　　　　walk 走路　　wall 牆
　　　　　　　鹽

warm　　　　chalk　　　　small
溫暖的　　　粉筆　　　　小的

e-1 字母 e [ɛ]（短母音）short e

e-1-1 e 在字首發音 ◀ *Track 036*

egg 蛋 　　elementary 基礎的　　elephant 大象

e-1-2 單音節 ◀ *Track 037*

bed 床	let 讓	get 得到	hen 母雞
leg 腿	pen 筆	pet 寵物	ten 十
set 設置	wet 濕的	yes 是的	yet 尚未
bell 鈴鐺	tell 告訴	belt 皮帶	cell 細胞
cent 一分錢	desk 桌子	left 左邊的	lend 借出
less 較少的	neck 脖子	next 下一個	help 幫助
test 測試／考試	sell 賣	send 送	then 然後
very 非常	vest 背心	well 好地	west 西邊的
bench 長椅	tenth 第十	check 確認	chess 西洋棋
there 那裡			

• 以下也是單音節哦～

Spellin'

dress 衣服	smell 聞起來	spell 拼字	spend 花費
where 哪裡	when 何時	twelve 十二	

menu 菜單	never 絕不	center 中心	letter 字母／信
lemon 檸檬	melon 瓜	lesson 課程	seven 七
second 第二	seldom 很少	dentist 牙醫	tennis 網球
pencil 鉛筆	temple 寺廟	yellow 黃色的	terrible 糟糕的
helpful 幫忙的	lettuce 萵苣	sentence 句子	medicine 藥
welcome 歡迎	bedroom 臥室	whether 是否	twenty 二十
present 禮物	celebrate 慶祝	restaurant 餐廳	centimeter 公分
September 九月	Wednesday 星期三	yesterday 昨天	seventeen 十七
seventy 七十	several 幾個	vegetable 蔬菜	telephone 電話
television 電視			

collect 收集	correct 正確的	insect 昆蟲	hotel 旅館
waitress 女服務生	weekend 週末	eleven 十一	however 然而

together 一起	November 十一月	December 十二月	spaghetti 通心麵
strawberry  草莓	successful 成功的	umbrella 雨傘	America 美國
American 美國的／人			

e-2 字母 e [I]（短母音）short i

I

e-2-1 e 在字首發音 ◀ Track 040

English 英文	enjoy 享受	eraser 橡皮擦	eleven 十一
enough 足夠的	envelope 信封	except 除了	excited 感覺興奮的
exciting 令人興奮的	excuse 藉口	example 例子	
expensive 貴的	experience 經驗		

e-2-2 單音節 ◀ Track 041

we 我們

e-2-3 多音節之第一音節 ◀ Track 042

zero 零	here 這裡	zebra 斑馬	serious 嚴重的

pretty  美麗的	begin 開始	because 因為	become 成為
before 在……之前	behind 在……之後	believe 相信	beside 在……旁邊
decide 決定	delicious 美味的	December 十二月	department 部門
repeat 重複	recorder 錄音／影機	present 呈現	prepare 準備

e-2-4 多音節之第二音節 ◀ *Track 043*

sacred 神聖的	glasses 眼鏡	chicken 雞	kitchen 廚房
idea 主意	video 影像	museum 博物館	barbecue 烤肉
businessman 生意人	interested 感興趣的	interesting 有趣的	knowledge 知識

e-2-5 多音節之字尾音節──常見 -et ◀ *Track 044*

blanket 毛毯	basket 籃子	jacket 夾克	secret 秘密
ticket 票	market 市場	planet 星球	pocket 口袋
wallet 皮夾			

e-2-6 多音節之字尾音節──常見 -ess ◀ *Track 045*

| business
生意 | ★kindness
仁慈 | actress
女演員 | princess
公主 |

e-2-7 多音節之字尾音節──常見 -est ◀ *Track 046*

honest 誠實的 　　　interest 興趣

e-3 字母 e [i]（長母音）long e

e-3-1 在字首發音 ◀ *Track 047*

eve 前夕　　　even 甚至　　　evening 傍晚　　　e-mail 電郵

e-3-2 單音節 ◀ *Track 048*

be 是　　　he 他　　　she 她　　　these 這些的

e-3-3 多音節之第一音節 ◀ *Track 049*

fever 發燒 　　　secret 秘密　　　senior 資深的

e-3-4 多音節之第二音節 ◀ *Track 050*

Chinese 中文 　　　convenient 方便的　　　maybe 或許

e-3-5 多音節之第三音節 ◀ *Track 051*

centimeter 公分

e-4 字母 e [ə]

e-4-1 在字首發音 ◀ *Track 052*

the 這

e-4-2 多音節之第一音節 ◀ *Track 053*

hello 嗨	below 在⋯⋯之下	belong 屬於	between 在⋯⋯之間

e-4-3 多音節之第二音節 ◀ *Track 054*

bakery 麵包店	seventy 七十	several 一些	camera 照相機
interest 興趣	interested 感興趣的	dangerous 危險的	different 不同的
celebrate 慶祝	elephant 大象	elementary 初級的	excellent 優秀的
secretary 秘書	telephone 電話	television 電視	vegetable 蔬菜
towel 毛巾	quiet 安靜的		

e-4-4 多音節之字尾音節（ **-en** ） ◀ *Track 055*

seven 七	eleven 十一	even 甚至	open 打開
often 經常	listen 傾聽	garden 花園	happen 發生

e-4-5 多音節之字尾音節（ **-em** ） ◀ *Track 056*

problem 問題

parent 父母	moment 時刻	student 學生	apartment 公寓
department 部門	different 不同的		

e-4-7 多音節之字尾音節（-ence）◀ Track 058

experience 經驗	sentence 句子	science 科學

e-5 字母 -(l)e [!] 在字尾發音 ◀ Track 059

able 能夠的	apple 蘋果	uncle 叔／伯	turtle 烏龜
noodle 麵條	trouble 麻煩	terrible 糟糕的	capable 能幹的
possible 可能的	comfortable 舒服的	vegetable 蔬菜	

i-1 字母 i [I]（短母音）short i

i-1-1 i 在字首發音 ◀ Track 060

if 假如	in 在	it 它	into 到……之內

• 常見字首 im

important 重要的

• 常見字首 in

invite 邀請	inside 在……裡面	insect 昆蟲	interest 興趣
interested 感到興趣的	interesting 有趣的	interview 訪問	internet 網際網路

i-1-2 單音節 ◀ *Track 061*

big 大的	dig 挖	fix 修理／固定	hit 打
kid 孩子	lid 蓋子	lip 唇	pig 豬
pin 別針	win 贏	sit 坐	six 六
dish 盤子／菜餚	fill 填充	fish 魚	kick 踢
hill 山丘	kill 殺	king 國王	kiss 親吻
list 名單	live 活	milk 牛奶	Miss 小姐
gift 禮物	give 給	pick 撿起	pink 粉紅色的
miss 懷念／失去	rich 富有的	ring 戒指／鈴聲	ship 船
sick 生病的	will 將	wind 風	wish 願望
with 與	sing 唱	this 這個	thin 薄的
fifth 第五	since 自從	think 想	thick 厚的

• 以下也是單音節哦

slim 苗條的	swim 游泳	trip 旅程	trick 詭計
bring 帶來	swing 搖擺	drink 喝	still 仍然
which 哪一個	spring 溫泉	bridge 橋	

i-1-3 多音節之第一音節 ◀ *Track 062*

city 城市	visit 拜訪	fifty 五十	sixty 六十
windy 有風的	hippo 河馬	video 影像	piano 鋼琴
finish 完成	picnic 野餐	simple 簡單的	river 河流
fisher 漁夫	finger 手指	singer 歌手	sister 姐姐
winter 冬天	dinner 晚餐	listen 傾聽	little 小的
ticket 票	minute 分鐘	million 百萬	picture 圖片／相片
history 歷史	kilogram 公斤	fifteen 十五	sixteen 十六
window 窗戶	without 沒有	chicken 雞	kitchen 廚房

dictionary 字典	different 不同的	difficult 困難的

• 以下 i 也是在多音節的第一音節發音

Frisbee 飛盤	princess 公主	Christmas 聖誕節

i-1-4 多音節之第二音節 🔊 *Track 063*

taxi 計程車	begin 開始	until 直到	serious 嚴重的
visit 拜訪	stupid 愚蠢的	badminton 羽毛球	
chopsticks 筷子	delicious 美味的	hospital 醫院	habit 習慣
rabbit 兔子	pumpkin 南瓜	sandwich 三明治	tennis 網球

i-1-5 多音節之第三音節 🔊 *Track 064*

violin 小提琴	television 電視	experience 經驗	spaghetti 意大利麵
America 美國	American 美國人／的	favorite 喜愛的	

i-1-6 字尾音節 🔊 *Track 065*

• 字尾音節 -ing

boring 無聊的	meeting 會議	during 在……期間	exciting 感到興奮的
anything 任何事情	morning 早上	dumpling 餃子	something 某些事情
evening 傍晚	nothing 沒事		

• 字尾音節 -ic

magic 魔法	comic 連環漫畫	music 音樂	traffic 交通
public 公眾的			

• 字尾音節 -ice

notice 通知	office 辦公室	practice 練習

• 字尾音節 -ine

machine 機器

• 字尾音節 -ist

dentist 牙醫

• 字尾音節 -ive

expensive	★creative	★intensive	★active
貴的	有創造力的	密集的	積極的

• 字尾音節 -ish

English 英文	foolish	★stylish
	愚蠢的	時尚的

i-2 字母 i [ə]

i-2-1 多音節之第一音節 ◀ Track 066

mistake 錯誤

i-2-2 多音節之第二音節 ◀ Track 067

animal	uniform 制服	officer 官員	beautiful
動物			美麗的
possible	terrible	festival	family 家庭
可能的	糟糕的	節慶	
holiday 假日	engineer	centimeter	difficult
	工程師	公分	困難的

i-2-3 字尾音節發音（常見字尾 -il） ◀ Track 068

April 四月

i-3 字母 i [i]（長母音）long e

i-3-1 多音節之第一音節 ◀ *Track 069*

pizza 比薩

i-3-2 多音節之第二音節 ◀ *Track 070*

police 警察

i-4 字母 i [aɪ]（長母音）long i

i-4-1 i 在字首發音 ◀ *Track 071*

I 我	ice 冰	idea 主意	island 島

i-4-2 單音節（i_e，字尾多為子音 + e，e 不發音）◀ *Track 072*

Hi 嗨	bike 腳踏車	bite 咬	hide 躲藏
high 高的	find 發現	fine 好的	fire 火
five 五	rice 稻米	ride 騎	hike 徒步旅行
pipe 管子	kind 善良的	kite 風箏	life 生活
like 喜歡	line 線條	mile 英里	mind 介意
nice 好的	wife 妻子	wise 聰明的	

nine 九	side 旁邊／面	sign 號誌	size 尺寸
time 時間	tire 輪胎	light 光／燈	ninth 第九
fight 打架	night 晚上	right 對的	sight 視力
tired 疲倦的	knife 刀子		

• 以下也是單音節哦

blind 盲的	slide 滑動	climb 爬山	write 寫
drive 駕駛	prize 獎品	price 價格	bright 亮的
smile 微笑	white 白色的	twice 兩倍的	child 小孩

i-4-3 多音節之第一音節 ◀ Track 073

giant 巨大的／巨人	China 中國	tidy 整潔的	tiger 老虎
final 最後的	violin 小提琴	library 圖書館	nineteen 十九
ninety 九十	sidewalk 人行道	science 科學	Chinese 中文
driver 駕駛	writer 作家	Friday 星期五	spider 蜘蛛

i-4-4 多音節之第二音節 ◀ *Track 074*

arrive 到達	beside 在……旁邊	decide 決定	behind 在……後面
polite 有禮的	invite 邀請	inside 在……裡面	tonight 今晚
excited 感到興奮的	exciting 令人興奮的	housewife 家庭主婦	
outside 在……外面	sometimes 有時候	surprise 驚喜	

i-4-5 多音節之第三音節 ◀ *Track 075*

exercise 運動

o-1 字母 o [a]（短母音）short o

o-1-1 在字首發音 ◀ *Track 076*

on 在……之上　　ox 公牛　　　October 十月

o-1-2 單音節 ◀ *Track 077*

box 盒子	dot 點	fox 狐狸	job 工作
jog 慢跑	mop 拖把	nod 點頭	not 不

hop 跳	top 頂部	hot 熱的	pot 壺
doll 洋娃娃	pond 池塘	rock 岩石	shop 店
knock 敲	dodge 躲避	socks 襪子	

以下也是單音節哦

drop 掉落	frog 青蛙	from 從	stop 停止
block 塊	clock 鐘		

o-1-3 多音節之第一音節 ◀ *Track 078*

honest 誠實的	body 身體	copy 影印	hobby 習慣
comic 連環漫畫	borrow 借入	bottle 瓶子	bottom 底部
common 共同的	modern 現代的	popcorn 爆米花	popular 受歡迎的
possible 可能的	doctor 醫生	soccer 足球	dollar 一元
follow 跟隨	nothing 沒有	holiday 假日	hospital 醫院
pocket 口袋	chopsticks 筷子	proper 適當的	problem 問題
★process 過程	★progress 進展		

o-1-4 多音節之第二音節 ◀ *Track 079*

o'clock 點　　　nobody 沒人

o-2 字母 o [ʌ]（短母音）short u

o-2-1 在字首發音 ◀ *Track 080*

other 其他的

o-2-2 單音節 ◀ *Track 081*

| son 兒子 | come 來 | some 一些 | love 愛 |
| month 月 | front 前面 | glove 手套 | |

o-2-3 多音節之第一音節 ◀ *Track 082*

color 顏色	cover 蓋子	dozen 一打	lovely 可愛的
honey 蜂蜜	money 錢	monkey 猴子	mother 母親
Monday 星期一	something 一些事	sometimes 有時候	somewhere 某地
wonderful 很棒的	comfortable 舒適的	stomach 胃	brother 兄弟

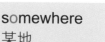

o-2-4 多音節之第二音節 ◀ *Track 083*

| above 在……上面 | another 另一個 | anyone 任何人 | become 成為 |

o-3 字母 o [u]（長母音）long u

o-3-1 單音節 ◀ Track 084

do 做	to 去	two 二	who 誰
lose 輸	move 搬移	whose 誰的	

o-3-2 多音節之第一音節 ◀ Track 085

movie 電影

o-3-3 多音節之第二音節 ◀ Track 086

into
到……裡面

o-4 字母 o [ə]

o-4-1 在字首發音 ◀ Track 087

of 的	o'clock 點

o-4-2 多音節之第一音節 ◀ Track 088

koala 無尾熊	today 今天	tomato 番茄	tonight 今晚
together 一起	polite 有禮貌的	tomorrow 明天	collect 收集
correct 正確的	computer 電腦	convenient 便利的	

o-4-3 多音節之第二音節 🔊 *Track 089*

violin 小提琴	chocolate 巧克力	favorite 喜愛的	kilogram 公斤
history 歷史			

o-4-4 字尾音節（-on） 🔊 *Track 090*

lion 獅子	melon 瓜	lemon 檸檬	common 共同的
dragon 龍	season 季節	lesson 課	person 人
nation 國家	million 百萬	badminton 羽毛球	

o-4-5 字尾音節（-om／-ome） 🔊 *Track 091*

freedom 自由	seldom 很少地	welcome 歡迎	handsome 英俊的

o-4-6 字尾音節（-ot／-op／-ond／-ony） 🔊 *Track 092*

robot 機器人	envelope 信封	second 第二	balcony 陽台

o-5 字母 o [o]（長母音）long o

o-5-1 在字首發音 🔊 *Track 093*

ok 好	own 自己的	old 舊的／老的	only 僅有
open 打開	over 結束		

o-5-2 單音節（o_e，字尾多為子音＋e，e 不發音） 🔊 *Track 094*

both 兩者	Coke 可樂	cold 冷的	comb 梳子
nose 鼻子	note 筆記	hold 持有	home 家
hope 希望	more 較	most 最	pork 豬肉
post 柱子	roll 捲起	rope 繩子	rose 玫瑰
bored 感到無聊的	ghost 鬼	those 那些的	

以下也是單音節

smoke 抽煙	sport 運動	close 關	clothes 衣服

o-5-3 多音節之第一音節 ◀ Track 095

sofa 沙發	★motor 馬達	hotel 旅店	total 全部的
soldier 士兵	★roller 滾筒	moment 時刻	robot 機器人
notice 通知	nobody 沒人	lonely 寂寞的	boring 無聊的
postcard 明信片	November 十一月	story 故事	program 節目
protest 抗議	probation 監護	photo 照片	

o-5-4 多音節之第二音節 ◀ Track 096

airport 機場	almost 幾乎	October 十月	telephone 電話

o-5-5 在字尾發音 ◀ Track 097

no 不	go 去	so 所以	ago 以前
also 也	zero 零	hello 嗨	photo 照片
hippo 河馬	video 影像	radio 收音機	piano 鋼琴
tomato 番茄			

o-6 字母 o [ɔ]（短母音）

o-6-1 在字首發音 ◀ *Track 098*

or 或	off 關	often 經常地	orange 柳橙
office 辦公室	order 訂單／秩序	officer 職員	

o-6-2 單音節 ◀ *Track 099*

dog 狗	for 為了	born 出生的	boss 老闆
cost 成本	song 歌曲	sore 酸痛	fork 叉子
long 長的	north 北邊的	horse 馬	short 短的
wrong 錯誤的	shorts 短褲	cross 交叉	store 店
strong 強壯的			

o-6-3 多音節之第一音節 ◀ *Track 100*

sorry 抱歉的	coffee 咖啡	corner 角落	forty 四十
foreign 外國的	foreigner 外國人	morning 早上	chocolate 巧克力

o-6-4 多音節之第二音節 ◀ *Track 101*

along 沿著	across 橫過	before 在……之前	belong 屬於
recorder 錄音機	important 重要的	tomorrow 明天	popcorn 爆米花
uniform 制服			

u-1 字母 u [ju]（長母音）long u

ju

u-1-1 在字首發音 ◀ *Track 102*

use 使用	useful 有用的	usually 通常地	uniform 制服

u-1-2 單音節（u_e，字尾多為子音 + e，e 不發音）◀ *Track 103*

cute  可愛的	★cube 立方體	★nude 裸體的	★tune 調和

u-1-3 多音節之第一音節發音 ◀ *Track 104*

music 音樂	during 在……期間	museum 博物館	future 未來
student 學生	stupid 愚蠢的		

u-1-4 多音節之第二音節發音 ◀ *Track 105*

computer 電腦	January 一月	excuse 藉口

u-2 字母 u [ʌ]（短母音）short u

u-2-1 在字首發音 ◀ *Track 106*

up 向上	uncle 叔／伯	under 在……之下	umbrella 雨傘
unhappy 不快樂的	understand 了解		

u-2-2 單音節 ◀ *Track 107*

bug 小蟲	bun 小圓麵包	bus 巴士	but 但是
cup 杯子	cut 剪／切	fun 有趣	run 跑
mud 泥巴	sun 太陽	tub 浴缸	duck 鴨子
hunt 打獵	jump 跳	just 僅僅	must 必須
much 許多	lunch 午餐		

以下也是單音節哦

club 社團	drum 鼓	brush 刷子	truck 卡車

u-2-3 多音節之第一音節 ◀ *Track 108*

sunny 陽光的	funny 有趣的	lucky 幸運的	yummy 好吃的
study 學習	hungry 飢餓的	butter 奶油	butterfly 蝴蝶
public 公共的	number 數字	summer 夏天	husband 丈夫
hundred 一百	dumpling 餃子	pumpkin 南瓜	subject 科目
Sunday 星期日			

u-2-4 多音節之第三音節 ◀ *Track 109*

difficult 困難的

u-3 字母 u [ʊ]（短母音）

u-3-1 單音節 ◀ *Track 110*

put 放置	full 滿的	pull 拉	push 推
sure 確定的			

u-3-2 多音節之第一音節 ◀ *Track 111*

sugar 糖

u-3-3 多音節之第二音節 ◀ *Track 112*

| usually
通常地 | February
二月 |

u-4 字母 u [u]（長母音）long u

• long u 有兩個發音，一個是 [ju]（u-1），另一個是 [u]（u-4）

u-4-1 單音節（u_e/ue，字尾多為子音 + e，e 不發音） ◀ *Track 113*

| rule 規則 | blue 藍色的 | glue 膠 | true
真實的 |

| flute 長笛 | June 六月 |

u-4-2 多音節之第一音節 ◀ *Track 114*

| super
超級的 | July 七月 | junior 初級的 | ruler 尺 |

u-4-3 多音節之第二音節 ◀ *Track 115*

menu 菜單

u-5 字母 u [ɪ]（短母音）short i

u-5-1 多音節之第一音節 ◀ *Track 116*

| business 生意 | businessman 生意人 | busy 忙碌的 |

u-5-2 多音節之第二音節 ◀ *Track 117*

lettuce 萵苣　　minute 分鐘

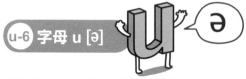

u-6 字母 u [ə]

u-6-1 在字首發音 ◀ *Track 118*

until 直到

u-6-2 多音節之第一音節 ◀ *Track 119*

surprise
驚喜

u-6-3 多音節之第二音節 ◀ *Track 120*

August 八月

u-6-4 常見字尾音節發音 -ful ◀ *Track 121*

useful
有用的

careful
小心的

helpful
有幫助的

successful
成功的

beautiful
美麗的

wonderful
極好的

u-6-5 常見字尾音節發音 -um ◀ *Track 122*

medium
中號的

museum
博物館

小叮嚀

[aɪ] y　[ɔ] W　W [aʊ]

除了 a、i、e、o、u 這五個母音字母，y 和 w 在字尾時也作為母音撐起音節，因此是「半母音」

y-1 字母 y [I]（短母音）short i ◀ Track 123 y [I]

-by

baby 寶貝	hobby 習慣

-dy

tidy 整潔的	ready 準備好的	cloudy 多雲的	windy 有風的
already 已經	study 學習		

-ky

lucky 幸運的	★tricky 狡猾的	★picky 挑剔的

-ly

family 家庭	early 早的	lonely 寂寞的	friendly 友善的
really 真正地	usually 通常地	happily 高興地	luckily 幸運地

-ny

| balcony 陽台 | funny 好笑的 | rainy 下雨的 | sunny 晴天的 |

-my

| yummy 好吃的 | ★mummy 木乃伊 |

-py

| happy 高興的 | unhappy 不高興的 | copy 影印／複製 |

-ry

bakery 麵包店	country 國家	story 故事	history 歷史
factory 工廠	library 圖書館	secretary 秘書	strawberry 草莓
angry 憤怒的	every 每一個	hungry 飢餓的	very 非常地
marry 結婚	worry 擔心		

-sy

| busy 忙碌的 | easy 簡單的 |

-ty

city 城市	party 派對	twenty 二十	thirty 三十
forty 四十	fifty 五十	sixty 六十	seventy 七十
eighty 八十	ninety 九十	dirty 骯髒的	pretty 美麗的
thirsty 渴的			

-thy

healthy 健康的	★wealthy 富裕的

-wy

snowy 下雪的

-zy

crazy 瘋狂的	★cozy 舒適的

y-2 字母 y [aɪ]（單音節）long i ◀ *Track 124*

by 在……旁邊	cry 哭喊	dry 乾燥的	fly 飛
fry 炸	shy 害羞的	sky 天空	try 嘗試
why 為什麼			

 第2節 雙母音字母發音

母音字母	a	e	i	o	u	y	w
a			ai [e][ɛ]		au [ɔ][æ][ə]	ay [e]	aw [ɔ]
e	ea [i][ɪ] [ɛ] [a][e]	ee [i][ɪ]	ei [e][i][aɪ] [ɪ]	eo [i]		ey [e]	ew [ju]
i	ia [ʃə]	ie [aɪ][ɛ][i] [ɪ]		io[ʃə]			
o	oa [o][ɔ]	oe [u][o]	oi [ɔɪ]	oo [ʊ][u][ɔ] [o][ʌ]	ou [aʊ][ʊ][ə] [ʌ][ɛ][o][u] [o][ɜ][ʌ]	oy [ɔɪ]	ow [a][o] [aʊ]
u	ua [wɔ][wɪ] [wa][wɛ]	ue [ɛ]	ui [u][ɪ][aɪ]			uy [aɪ]	

（一）a 開始的雙母音字母組合有 ai, au, aw, ay

ai

ai-1 ai 雙母音字母 [e]（長母音），long a ◀ Track 125

★ aid 協助	mail 郵件	fail 失敗	nail 指甲
rail 鐵軌	sail 航行	tail 尾巴	★gain 得到
rain 下雨	pain 痛苦	wait 等待	raise 舉起
train 火車	★brain 大腦	★paint 油漆	straight 直的
afraid 害怕的			

ai-2 ai 雙母音字母 [ɛ]（短母音），short e ◀ Track 126

air 空氣　　　　hair 頭髮　　　　★fair 公平的　　　pair 一雙

chair
椅子 　　stair
階梯　　　　again 再　　　　★ dairy
乳製品

au

au-1 au 雙母音字母 [ɔ]（短母音） ◀ Track 127

August
八月　　　　autumn
秋天　　　　daughter
女兒　　　　because
因為

★pause
暫停

au-2 au 雙母音字母 [æ]，short a ◀ Track 128

laugh 大笑　　　　　　　　aunt 姑姑

au-3 au 雙母音字母 [ə] ◀ Track 129

restaurant 餐廳

aw

aw **aw 雙母音字母 [ɔ]（短母音）** ◀ *Track 130*

law 法律	★ raw 生的	★ saw 鋸子	★jaw 下巴
draw 拉	straw 吸管	★claw 爪子	★ flaw 缺陷
seesaw 翹翹板	strawberry 草莓	lawyer 律師	drawer 抽屜

ay

ay-1 **ay 雙母音字母 [e]（長母音），long a**

ay-1-1 字尾 -ay ◀ *Track 131*

way 路／方法	May 五月	pay 付錢	say 説
pray 祈禱	gray 灰色的	stay 留	play 玩
away 離開			

ay-1-2 day（天）最常見字尾 -day，跟時間日期有關 ◀ *Track 132*

birthday 生日	holiday 假期	Monday 週一	Tuesday 週二

Wednesday	Thursday	Friday	Saturday
週三	週四	週五	週六

Sunday	yesterday
週日	昨天

ay-1-3 多音節之第一音節 ◀ *Track 133*

maybe 也許　　player 球員

ay-1-4 多音節之第二音節 ◀ *Track 134*

always 總是

（二）i 開始的雙母音字母組合有 ia, ie, io

ia

ia ia 雙母音字母 [ʃə] 通常與 c ／ t 連起來發音→ cia ／ tia ◀ *Track 135*

-cial

special	★social	★facial	★initial
特別的	社交的	臉部的	開始的

★official	★partial	★potential	
公務的	偏袒的	潛力的	

-cian

★musician	★magician	★politician
音樂家	魔術師	政客

ie

ie-1 ie 雙母音字母 [ɛ] （短母音），short e ◀ Track 136

friend 朋友   friendly 友善地

ie-2 ie 雙母音字母 [i] （長母音），long e ◀ Track 137

piece   believe   ★field   ★brief
片／塊   相信   原野   簡短的

★thief 竊賊

ie-3 ie 雙母音字母 [ɪ] （短母音），short i ◀ Track 138

achieve   cookie   movie
達成   餅乾   電影

動詞字尾為 y 之過去式：去 y 改成 ied 時之 ie 也發 [ɪ]

married 結婚的   ★worried 擔心的   ★studied 先計畫的

ie-4 ie 雙母音字母 [aɪ] 單音節，long i 也可視為字尾 e 不發音 ◀ Track 139

die 死   lie 說謊   pie 派   tie 領帶

ie-5 ie 雙母音字母 [ʃə] 通常跟 c／t 連起來發音 ◀ Track 140

-cie

★ancient
古代的

★efficient
效率的

-tie

★patient 病人

io

io-1 io 雙母音字母 [ə] 多為字尾音節與 t 連起來唸 -tio [ʃə] ◀ Track 141

★action 行動	nation 國家	★motion 行動	★ invention 發明
question 問題	station 車站	vacation 假期	dictionary 字典
★celebration 慶祝			

io(r)-2 io 雙母音字母 [jə] 多為字尾音節與 r 連起來唸 -ior ◀ Track 142

junior 初級的　　　　senior 資深的　　　★behavior 行為

（三）e 開始的雙母音字母組合有 ea, ee, ei, eo, ey, ew

ea

ea-1 ea 雙母音字母 [i]（長母音），long e ◀ *Track 143*

ea-1-1 在字首發音

單音節

eat 吃　　　each 每一個　　　east 東邊的

多音節

easy
容易的

Easter
復活節

ea-1-2 單音節發音 ◀ *Track 144*

sea 海	tea 茶	bean 豆子	meal 餐點
real 真的	read 讀	lead 領導	seat 座位
heat 熱	team 團隊	weak 微弱的	jeans 牛仔褲
peach 桃子	beach 海灘	cheap 便宜的	cheat 欺騙
least 最少的	leave 離開	teach 教	treat 款待
cream 奶油	dream 作夢	clean 清潔	please 請
speak 說			

ea-1-3 多音節之第一音節發音 ◀ *Track 145*

leader	teacher	season	really
領導人	老師	季節	真正地

ea-2 ea 雙母音字母 [I]（短母音），short i，多為 ea + r ◀ *Track 146*

ear 耳朵	near 近的	hear 聽	year 年
clear 清楚的	dear 親愛的	★gear 齒輪	★rear 後面的
appear 出現			

ea-3 ea 雙母音字母 [ɛ]（短母音），short e ◀ *Track 147*

單音節

bear 熊	pear 梨子	dead 死的	★deaf 聾的
head 頭	wear 穿	health 健康	★swear 發誓
bread 麵包			

多音節

ahead 在……前頭	already 已經	breakfast 早餐	headache 頭痛
heavy 重的	★jealous 嫉妒的	ready 準備好的	healthy 健康的
pleasure 愉悅	sweater 毛衣	weather 天氣	

ea-4 **ea 雙母音字母 [a]（短母音），short o** ◀ *Track 148*

heart 心 　　★hearth 炭盆

ea-5 **ea 雙母音字母 [e]（長母音），long a** ◀ *Track 149*

★ break	great	steak
打破	偉大的	牛排

ee

ee-1 **ee 雙母音字母 [i]（長母音），long e**

ee-1-1 單音節 ◀ *Track 150*

bee 蜜蜂	see 看	seed 種子	beef 牛肉
feed 餵	feel 感覺	keep 保持	knee 膝蓋
week 星期	meet 遇見	need 需要	cheese 起司
sheep 羊	three 三	free 自由的	green 綠色的
street 街道	screen 螢幕	sleep 睡覺	sweet 甜的

ee-1-2 多音節之第一音節 ◀ *Track 151*

meeting	seesaw	teenager	weekend
會議	蹺蹺板	青少年	週末

ee-1-3 多音節之字尾音節 ◀ *Track 152*

agree 同意	Frisbee 飛盤	between 在……中間
Halloween 萬聖節	thirteen 十三	fourteen 十四	fifteen 十五
sixteen 十六	seventeen 十七	eighteen 十八	nineteen 十九

ee-2 ee 雙母音字母 [I]（短母音），short i ◀ *Track 153*

been be 動詞過去式	coffee 咖啡	cheer 喝彩	engineer 工程師

ei

ei-1 ei 雙母音字母 [e]（長母音），long e ◀ *Track 154*

★ veil 面紗	eight 八	★weight 重量	★sleigh 雪橇
eighteen 十八	eighth 第八	eighty 八十	neighbor 鄰居

ei-2 ei 雙母音字母 [i]（長母音），long e ◀ *Track 155*

either 或	★ceiling 天花板	★seize 抓住	★receive 收到
★leisure 閒暇			

ei-3 ei 雙母音字母 [aɪ]（長母音）, long i ◀ Track 156

★height 高度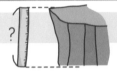

ei-4 ei 雙母音字母 [ɪ]（短母音）, short i ◀ Track 157

★weird 奇怪的　　foreign 外國的　　foreigner 外國人

eo

eo-1 eo 雙母音字母 [i]（長母音）, long e ◀ Track 158

people 人

ew

ew-1 ew 雙母音字母 [ju]（長母音）, long u ◀ Track 159

few 少　　　new 新　　　news 新聞　　★nephew
　　　　　　　　　　　　　　　　　　　　侄子／外甥

★skew　　★jewel
歪斜　　　珠寶

ew-2 ew 雙母音字母 [u]（長母音）, long u　◀ *Track 160*

blew blow 的過去式	grew grow 的過去式	drew draw 的過去式	★chew 咀嚼

★crew
隊員　　　★brew
釀酒　　　★screw
螺絲

ey

ey-1 ey 雙母音字母 [e]（長母音）, long a　◀ *Track 161*

hey 嗨　　　they
他們  　　★grey
灰色的

★ prey
獵物　　　★obey
遵守

ey-2 ey 雙母音字母 [i]（長母音）, long e　◀ *Track 162*

key 鑰匙

ey-3 ey 雙母音字母 [I]（短母音）, short i　◀ *Track 163*

money 錢　　　honey 蜂蜜　　　monkey
猴子　　　turkey
火雞

★hockey
曲棍球　　　★chimney
煙囪　　　★kidney 腎臟

ey-4 **ey 雙母音字母 [aɪ]（長母音），long i** ◀ *Track 164*

eye 眼睛

（四）o 開始的雙母音字母組合有 oa, oe, oi, oo, ou, oy, ow

oa

oa-1 **oa 雙母音字母 [o]（長母音），long o** ◀ *Track 165*

★oak 橡樹	boat 船	coat 外套	★coal 煤
★load 承載	goat 山羊	road 道路	★soap 肥皂
board 板	throat 喉嚨	toast 土司	railroad 鐵路

oa-2 **oa 雙母音字母 [ɔ]（短母音）** ◀ *Track 166*

abroad 國外的　　★coarse 粗糙的

oe

oe-1 **oe 雙母音字母 [u]（長母音），long u** ◀ *Track 167*

shoe 鞋子

oe-2 **oe 雙母音字母 [o]（長母音），long o** ◀ *Track 168*

toe 腳趾

oi

oi-1 oi 雙母音字母 [ɔɪ] ◄ Track 169

單音節

oil 油	boil 煮沸	★coin 錢幣	join 加入
noise 噪音	point 點	voice 聲音	spoil 寵壞
★avoid 避免			

多音節

★poison 毒藥	★toilet 廁所	★invoice 發票

oo

oo-1 oo 雙母音字母 [ʊ]（短母音）

oo-1-1 單音節 ◄ Track 170

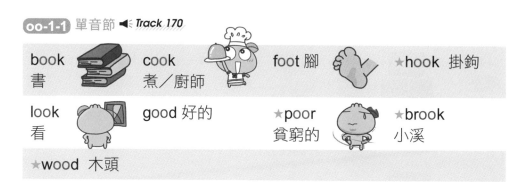

book 書	cook 煮／廚師	foot 腳	★hook 掛鉤
look 看	good 好的	★poor 貧窮的	★brook 小溪
★wood 木頭			

oo-1-2 多音節之第一音節 ◀ *Track 171*

| goodbye
再見 | cookie
餅乾 | notebook
筆記本 | workbook
工作薄 |

bookstore
書店

oo-2 oo 雙母音字母 [u]（長母音），long u

oo-2-1 單音節 ◀ *Track 172*

zoo 動物園	cool 涼爽的	pool 游泳池	room 房間
food 食物	moon 月亮	noon 中午	soon 很快地
tooth 牙齒	goose 鵝	choose 選擇	spoon  湯匙

school 學校

oo-2-2 多音節 ◀ *Track 173*

| noodle 麵條 | scooter
摩托車 | bathroom
浴室 | bedroom
臥室 |
| classroom
教室 | restroom
浴室 | typhoon
颱風 | kangaroo
袋鼠 |

oo-3 oo 雙母音字母 [ɔ] ◀ *Track 174*

door 門

00-4 oo 雙母音字母 [o]（長母音），long o ◀ *Track 175*

floor 地板

00-5 oo 雙母音字母 [ʌ]（短母音），short u ◀ *Track 176*

★ blood   flood 洪水
血

ou

ou-1 ou 雙母音字母 [aʊ]

ou-1-1 在字首發音 ◀ *Track 177*

out 在……之外	outside 外面

ou-1-2 單音節 ◀ *Track 178*

loud 大聲的	hour 小時	★sour 酸的	couch 長椅
count 計算	mouse 老鼠	house 房子	pound 磅
mouth 嘴巴	round 圓的	sound 健全的	shout 喊叫
south 南邊	proud 驕傲的	★flour 麵粉	ground 地面

ou-1-3 多音節之第一音節 ◀ *Track 179*

mountain
山 　　housewife
家庭主婦 　　thousand 千　　cloudy
多雲的

ou-1-4 多音節之第二音節 ◀ *Track 180*

around
周圍 　　　　　　about 關於　　without 沒有

playground
遊戲場

ou-2 ou 雙母音字母 [ʊ]，（短母音） ◀ *Track 181*

should 應該

ou-3 ou 雙母音字母 [ə] 多為字尾發音，後面接 s ◀ *Track 182*

famous
有名的　　nervous
焦慮的　　serious
嚴重的　　dangerous
危險的

★jealous
嫉妒的 　★generous
慷慨的

ou-4 ou 雙母音字母 [u]（長母音），long u ◀ *Track 183*

soup
湯 　　group 組

ou-5 ou 雙母音字母 [o]（長母音），long o ◀ Track 184

| four 四 | though 雖然 | ★court 法院 | course 課程 |
| fourteen 十四 | shoulder 肩膀 | | |

ou-6 ou 雙母音字母 [ɔ]（短母音） ◀ Track 185

★cough 咳嗽

ou-7 ou 雙母音字母 [ɚ] ◀ Track 186

★courage
勇氣

★encourage
鼓勵

★discourage
使沮喪

★journey 旅程

ou-8 ou 雙母音字母 [ʌ]（短母音），short u ◀ Track 187

| young 年輕的 | touch 觸碰 | country 國家 |
| cousin 表堂兄弟姐妹 | trouble 麻煩 | enough 足夠的 |

oy

oy-1 oy 雙母音字母 [ɔɪ] ◀ *Track 188*

| boy 男生 | joy 喜悦 | toy 玩具 | enjoy 享受 |

★annoy 惱怒　　★destroy 毀壞

ow

ow-1 ow 雙母音字母 [aʊ] ◀ *Track 189*

down 下面的	town 城鎮	brown 棕色的	towel 毛巾
flower 花	★coward 懦夫	bow 鞠躬	cow 母牛
now 現在	how 如何		

ow-2 ow 雙母音字母 [o]（長母音），long o 常在字尾

ow-2-1 單音節 ◀ *Track 190*

bowl 碗	low 低的	blow 吹	slow 慢的
row 列	grow 成長	throw 丟	know 知道
snow 雪	show 展示		

ou-2-2 多音節之第二音節字尾 ◀ *Track 191*

★arrow 箭	below 在……之下	follow 跟隨	hallow 聖者
yellow 黃色的	window 窗戶	rainbow 彩虹	★narrow 窄的
borrow 借入	tomorrow 明天		

ow-3 ow 雙母音字母 [a]（短母音），short o ◀ *Track 192*

knowledge 知識

（五）u 開始的雙母音字母組合有 ua, ue, ui, uy

ua 多為 g 或 q+ua

ua-1 ua 雙母音字母 [wɔ] ◀ *Track 193*

quarter 四分之一

ua-2 ua 雙母音字母 [wɪ] ◀ *Track 194*

language
語言

ua-3 **ua 雙母音字母 [wa]** ◀ *Track 195*

guava 芭樂

ua-4 **ua 雙母音字母 [wɛ]** ◀ *Track 196*

square 正方形

ui

ui-1 **ui 雙母音字母 [u]（長母音），long u** ◀ *Track 197*

★suit
西裝

juice
果汁

fruit 水果

★bruise
瘀傷

ui-2 **ui 雙母音字母 [ɪ]（短母音），short i** ◀ *Track 198*

quiz 小考

★quit 辭職

quick 快的

★build
建造

★guilt 罪行

guitar 吉他

ui-3 **ui 雙母音字母 [aɪ]（長母音），long i** ◀ *Track 199*

quiet
安靜的

quite
非常的

★acquire
獲得

★require
要求

ue

ue-1 ue 雙母音字母 [ɛ]（短母音），short e ◀ Track 200

guess 猜   question
問題

ue-2 ue 雙母音字母 [ju]（長母音），long u ◀ Track 201

★cue 線索   ★ due 到期   ★fuel   Tuesday
燃料   星期二

barbecue
烤肉

uy

uy-1 uy 雙母音字母 [aɪ]（長母音），long i ◀ Track 202

buy 買   guy 傢伙

eau eau 三母音字母 [ju] （長母音），long u ◀ Track 203

beautiful 美麗的

uee uee 三母音字母 [I] （短母音），short i ◀ Track 204

queen 皇后

iew iew 三母音字母 [yu] （長母音），long u ◀ Track 205

view	interview	★preview	★ review
景觀／看	訪問	預習	複習

iou iou 三母音字母 [ʃə] （通常跟在 c 或 t 後面） ◀ Track 206

★precious	delicious	★conscious	★spacious
珍貴的	美味的	意識的	寬敞的

★ambitious	★cautious
野心的	小心的

第4節 母音字母後面加了 r

ar [ɚ] 🔊 Track 207

| sugar  糖 | dollar 一元 | popular 受歡迎的 | ★circular 圓形的 |

★similar 類似的　　★regular 普通的

ir [ɝ] 🔊 Track 208

sir 先生	bird  鳥	girl 女孩	★firm 公司
birth 出生	skirt 裙子	third 第三	first 第一
shirt 襯衫	★swirl 旋轉	circle 圓圈	thirty 三十
dirty 骯髒的	thirsty 口渴的	thirteen 十三	birthday 生日

er [ɚ]

◄ Track 209

er-1 字中

perhaps 也許	exercise 運動	★concert 音樂會	★expert 專家
interview 面談	clerk 職員	person 人	★perfect 完美的
★observe 觀察	★reserve 保留	internet 網際網路	

er-2 字尾 ◄ Track 210

名詞人物

officer 職員	farmer 農夫	fisher 漁夫	father 父親
mother 母親	lawyer 律師	leader 領導者	waiter 服務生
worker 工人	singer 歌手	sister 姐妹	soldier 士兵
teacher 老師	daughter 女兒	driver 駕駛	writer 作家
stranger 陌生人	player 演奏家	foreigner 外國人	teenager 青少年
shopkeeper 店主			

名詞物品

answer 答案	Easter 復活節	tiger 老虎	water 水
order 訂單	cover 蓋子	fever 發燒	river 河流
paper 紙	ruler 尺	roller 滾筒	finger 手指
soccer 足球	marker 馬克筆	letter 信	dinner 晚餐
number 數字	butter 奶油	corner 角落	shoulder 肩膀
spider 蜘蛛	sweater 毛衣	scooter 摩托車	eraser 橡皮擦
recorder 錄音機	computer 電腦	hamburger 漢堡	

名詞天氣時間

summer 夏天	weather 天氣	winter 冬天	September 九月
October 十月	November 十一月	December 十二月	

副詞及其他

ever 曾經	over 結束	enter 進入	other 其他的
under 在……之下	after 在……之後	super 超級的	never 從不
later 晚點的	whether 是否	however 然而	together 一起
another 另一個			

er-3 字尾（-ern） ◀ *Track 211*

lantern 燈籠　　modern 現代的

ear [ɝ] ◀ *Track 212*

★earn 賺　　early 早的　　earth 　　learn 學習
　　　　　　　　　　　　　地球

★yearn 渴望　　★pearl　　　★search
　　　　　　　　珍珠　　　　尋找

or-1 [ɚ] ◀ *Track 213*

forget 　　comfortable 舒服的
忘記

or-2 [ɝ] ◀ *Track 214*

work 　　word 字　　world 世界　　★worth
工作　　　　　　　　　　　　　　　　　值得

worker　　　　worry 擔心　　workbook
工人　　　　　　　　　　　　工作表

ur [ɝ] ◀ Track 215

burn 燒傷	hurt 燒傷	surf 衝浪	turn 變得／轉
nurse 護士	church 教堂	purple 紫色的	turtle 烏龜
turkey 火雞	hurry 加快	hamburger 漢堡	Thursday 星期四

ure [ɚ] 在字尾，e 不發音 ◀ Track 216

failure 失敗	pleasure 樂趣	★leisure 閒暇	★measure 測量
★presure 壓力			

(t) ure [tʃɚ] 在字尾，e 不發音 ◀ Track 217

★nature 自然	future 未來	picture 相片／圖畫	★fracture 斷裂
★capture 捕捉	★creature 生物	★ posture 姿勢	★adventure 冒險

第5節　重要子音

（一）n 特殊發音

k,g,p 前面是 k、g、p，這三個子音字母不發音，僅 n 發音　◀ *Track 218*

knee 膝蓋	knife 刀	knock 敲	know 知道
knowledge 知識	foreign 外國的	foreigner 外國人	sign 標誌

（二）p 特殊發音

p 在字首時，後面接 n, s, t 時不發音→ pn, ps, pt 的 p 不發音　◀ *Track 219*

★pneumonia 肺炎	★psychology 心理學	★pterodactyl 翼手龍

ph =f 發 f 音　◀ *Track 220*

cell phone 手機	elephant 大象	PE physical education 體育課
photo 相片	telephone 電話	typhoon 颱風

（三）m 特殊發音

-mn 在字尾（n 不發音） ◀ *Track 221*

autumn 秋天 　　　★hymn 讚美詩

（四）s 特殊發音

-se 字尾（e 不發音）兩種發音：[s] 及 [z] ◀ *Track 222*

[s]

baseball 棒球	case 情形	course 課程	else 其他的
exercise 運動	goose 鵝	horse 馬	house 房屋
housewife 家庭主婦	mouse 老鼠	nurse 護士	

¹se 為第一音節 base 的字尾 → baseball
²se 為第一音節 house 的字尾 → housewife

[z]

because 因為	cheese 乳酪	Chinese 中國人、中文	choose 選擇
close 關上	excuse 原諒	lose 遺失	noise 噪音
nose 鼻子	please 請	raise 舉起、養育	rose 玫瑰
surprise 使……驚訝	surprised 感到驚訝的	these 這些	those 那些
use 使用	useful 有用的	whose 誰的	wise 明智的

³se 為第一音節 use 的字尾 → useful

sch- sch- / sc- [sk] ◀ Track 223

第一音節

elementary school 小學	junior high school 國中	school 學校 
senior high school 高中	scooter 摩托車	screen 螢幕

sci-（c 不發音）◀ Track 224

science 科學

（五）t 的特殊發音

-tt 第二個 t 不發音（但音節上仍會作分隔）◀ Track 225

a little 一些	bottle 瓶子	bottom 底部	butter 奶油
butterfly 蝴蝶	letter 信	lettuce 萵苣	little 小
matter 事情	pretty 漂亮的、非常		spaghetti 義大利麵

-st -st- ／ -ft- 前面接 s ／ f 時，t 不發音（非音節字首或字尾） ◀ *Track 226*

castle 城堡　　　Christmas 聖誕節

often 經常

從法文而來外來字字尾，t 不發音 ◀ *Track 227*

★ballet 芭蕾　　　★bouquet 宴會

th [ð] ◀ *Track 228*

another 另一個	brother 兄弟	father 父親	
grandmother 祖母	mother 母親	other 其他	than 比
that 那	the 這	there 那裏	these 這些
they 他們	this 這個	those 那些	though 雖然
together 一起	weather 天氣	with 和	without 沒有

th [θ] ◄ *Track 229*

anything 任何事	bath 洗澡	bathroom 浴室	birthday 生日
both 兩者都	earth 地球	eighth 第八	eleventh 第十一
everything 每件事	fifteenth 十五	fifth 第五	fourteenth 第十四
fourth 第四	health 健康	healthy 健康的	math 數學
mouth 口	nineteenth 第十九	ninth 第九	north 北方
nothing 沒東西、沒事	seventeenth 十七	seventh 第七	sixteenth 十六
sixth 第六	something 某事	south 南方	tenth 第十
thank 謝謝	think 想	third 第三	thirsty 渴的
thirteenth 第十三	thirty 三十	theater 戲院	throat 喉嚨
throw 丟	thousand 千	three 三	Thursday 星期四
twelfth 第十二	twentieth 第二十	month 月	

不發音

clothes 衣服

（六）h 的特殊發音

wh- **h 和 w 發音倒過來** ◀ *Track 230*

somewhere 某處	whale 鯨魚	what 什麼	when 何時
where 哪裡	whether 天氣	which 哪一個	
white 白色的	why 為什麼		

wh- **w 不發音** ◀ *Track 231*

who 誰	whose 誰的

（七）b 的特殊發音

-mb **單音節裡前面有 m 則 b 不發音** ◀ *Track 232*

climb 爬	comb 梳子

單字記憶法總複習

本章節以母音來拆分音節,透過音標做有系統的發音分類,有效率地來學習自然發音。當然,最重要的目的就是以此來學拼字!

拼字是孩子學英文最辛苦的事情,爸爸媽媽想一想:一個單字少則三四個字母,多的話則是十幾個字母。國中小 1200 字,就等於要記憶 1200 組的身份證字號,或是電話號碼,對孩子當然是苦差事。若是沒有好的方法,對孩子一定是一個很大的挑戰及折磨,效果也不會好。

所以熟悉發音規則和語感,並以母音字母為基礎認識每個音節,孩子記憶單字就容易多了 。

尤其是多音節的單字,動輒十幾個字母,硬背對孩子是很吃力的。所以善用本章的學習,然後把一個單字拆解成不同音節來記憶,每個音節都是 2-5 個字母,這樣孩子記憶單字就壓力小很多。

像 important 這個單字,若是硬去背有九個字母,很容易背了就忘,忘了再背。但是若是透過自然發音法的語感學習,再用音節拆成三個部分 im-por-tant,這樣孩子把單字念出來,再一個一個音節記憶,先記憶 im,再來 por,最後是 tant,記憶三四個字母的音節就容易多了,這樣單字也就很容易記住了。

　　就像我們記憶身份證或是電話號碼，會分成三四個號碼一組便於記憶，而拆音節用自然發音記憶是類似的觀念。

　　本書一直強調孩子單字不用背也不要背，當記得聲音認得長相後，記憶單字就很容易了。

　　經過本章的反覆練習，讓孩子不僅熟悉國中小 1200 單字的聲音，也自然而然的掌握到發音規則，也就是單字：由母音和子音來組成，把每個音節順利的唸出來，就是記憶單字的基礎了。未來再往 2000 單字，甚至高中的 7000 單字來學習時，會越來越輕鬆容易。

　　因為透過本章的練習，我們把每個類似母音發音的部分歸類，孩子熟悉後，就可以進入我們的重頭戲：拼字遊戲。

　　再以 badminton （羽毛球）為例，給父母一個與孩子練習的方法：

步驟一：

　　請孩子聽到 badminton （若爸媽沒把握自己唸對，可以用本書 MP3 播放）的聲音，請孩子跟著唸一遍，再回答中文意思。

步驟二：

　　孩子答對後，請他再念一遍，並回答有幾個音節。（三個音節）

步驟三：

　　請孩子在紙上試著根據音節拼字，孩子可能拼寫出來的是：bed-min-ten

　　請孩子看看自己手寫的答案，和過去看過字卡的這個單字是否一樣，可能孩子會再做修改：bad-min-ton

步驟四：

　　若是孩子沒有再修改的話，就給孩子看看本書字卡，了解到是最後一個音節 ten 是錯的，請孩子再拼寫一次 bad-min-ton

　　在這個方法的情況下，孩子就是用單字的聲音及長相，透過自然發音法的方式，有效記憶一個單字的拼寫，也不會忘記了！請參考我們的另一本字卡書，有 1200 單字字卡的完整練習可以多利用喔！

◆ 1200 單字聽寫練習
（已學習過發音及記住單字長相）

以下是一些例子，爸爸媽媽可以自行設計表格

新單字練習嘗試：

◀ *Track 233*

單字部分（1200 單字部分）	答案部分（孩子作答）
banana 香蕉	ba-na-na
band 樂團	
bank 銀行	
barbecue 烤肉	
baseball 棒球	
basket 籃子	
basketball 籃球	
every 每一個	
everyone 每一個人	
everything 每件事	
example 例子	
excellent 極好的	
except 除了……之外	

important 重要的

in 在……裡面

insect 昆蟲

inside 在……內部

interest 使感興趣

interested 感興趣的

pound 磅

practice 練習

pray 祈禱

prepare 準備

present 禮物

pretty 漂亮的

special 特別的

spell 拼字

spend 花費

spider 蜘蛛

spoon 湯匙

sport 運動

spring 春天

接下來，可以讓孩子練習陌生新單字的練習，對於完全陌生的單字讓孩子聽聲音，然後試著把字拼出來，這幾個單字當然比較難，都是高中大學的單字，但是當成聽音猜拼寫很有趣，又可以鍛鍊實力喔！

爸爸媽媽也可以找以下的方法讓孩子多練習不同的單字喔！

單字部分（高中 7000 單字部分）　　　答案部分（孩子作答）

global 全球的

prosperous 繁榮的

wealthy 富裕的

rescue 解救

prediction 預測

conjunction 連接

fragment 部分

Part2

單字部首
學習法

單字部首學習法

　　坊間有許多字根字尾字首大全的單字書，但其實對孩子來說，合用的大概只有其中一小部分，內容大多太複雜，反而容易降低孩子的學習興趣。因為英文很多的字根字尾字首都是從拉丁文而來，對孩子來說，英文都還不太會，更別說要從拉丁文去學英文！

　　因此，對孩子比較有意義的應該是與中文字類似觀念的「部首」，可以協助我們將不同的字歸類，加深對於字彙的記憶。對於英文來說，不管是字首，或是字尾，或是字根，只要能將單字貼上有意義的標籤，協助孩子記住單字，就是這個單字的「部首」。

　　以下是我們與孩子一起共學的過程中，運用80／20法則，鎖定對孩子最有記憶效果的英文「部首」，將這些常用部首運用在國中小1200字的學習，不僅能夠增加學習速度，還可以舉一反三，快速地擴充單字基礎。學會了這幾個「部首」，每次閱讀新文章，發現新單字時，都可以試著讓孩子用「部首」的概念去拆解單字與猜出單字的意思。如此，孩子的字彙量便能倍速增長！

80／20法則

80／20法則（The 80/20 Rule）又稱為帕累托法則(Pareto Principle)、二八定律、帕累托定律、最省力法則、不平衡原則等。80/20法則的精神是：追求效率化及優先化的方法，也就是找到使用20%的時間或內容，就能達到80%效果的方法。同時鼓勵個人／群體依照其自身特色在自己所擅長的領域有特殊表現，而非對所有（包括自己不擅長）領域的事務一視同仁地投入，也就是只在自己專精的事情上追求卓越，不必事事都追求完美表現。

◆ 部首學習法小訣竅

一開始跟孩子說明，英文部首類似中文字的部首，了解英文單字部首的意思後，就可以輕易了解與其他單字排列組合成的新單字。可以簡要地對孩子說明，這些英文單字部首，也就是字首、字尾，要以「字首+單字」或是「單字+字尾」，或是「單字+單字」的結構組成一個新的單字，讓孩子能從中文字部首的概念聯想。

英文部首可分為字首和字尾，而單字中間部份就是單字的字根，是單字的核心含義。字首多半和單字的「意義」有關，比方說in放在字首會代表「沒有」，或是「否定」的意思，例如：convenient（方便的），那麼inconvenient 就代表「不便的」。而字尾多半和單字的「詞性」有關，就像是「詞類識別證」。（當

然也有不少例外，但是先教孩子大原則）。例如：beauty（美麗），字尾有ty就代表這個單字是「名詞」；beautiful（美麗的），字尾ful就代表這個字是「形容詞」的意思。

　　字根要不要背呢？我們覺得在小學階段並不適合讓孩子「死背」字根，因為這些字根很多都是來自於希臘文或拉丁文，對孩子太陌生了，不如一開始讓孩子先慢慢地從會話及閱讀中學習字根。所以在使用字根字尾的部首應用時，可以先以字根或字尾加上一個孩子學過的完整單字，不要選擇難理解的字根，例如：clear 是「清楚」的意思，而un+ clear 就是「不清楚」的意思。藉由這個例子，爸媽就可以告訴孩子unclear 是由un（否定字首）+ clear （清楚的）組成的。

　　英文單字部首的字尾及字首要背嗎？在本書我們已經選擇了一些常用的部分，請別要求孩子背誦，只要在生活中或學英文看到單字部首時，適當地提醒孩子就好。

　　學習英文單字部首可以讓孩子的字彙量一下子提升數倍。比方說friend（朋友）是孩子很早就學會的單字，加上一些字首字尾，孩子就可以多學好幾個字。

- **friend**　　　朋友
- **friendly**　　友善的（名詞＋ly 變形容詞）
- **unfriendly**　不友善的（un＋……）否定的意思

134

單字結構

(1)

un + happy ----> unhappy

字首　　　單字　　　　　　　改變單字意義

(2)

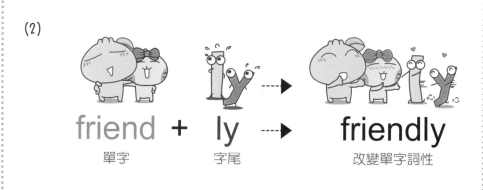

friend + ly ----> friendly

單字　　　字尾　　　　　　改變單字詞性

(3)

butter + fly ----> butterfly

單字　　　單字　　　　　　組合字/複合字

最常見字首大變身

★ 代表非 1200 單字範圍

1. grand+【親屬名詞】= (祖字輩的)【親屬名詞】

◀ *Track 234*

變身前	變身後
father 父親	grandfather 祖父、外公
mother 母親	grandmother 祖母、外婆
parents 父母親	★grandparents 祖父母、外公婆
son 兒子	★grandson 孫子
daughter 女兒	★granddaughter 孫女
aunt 伯叔母、阿姨	★grandaunt 姨婆、嬸婆
uncle 伯叔、舅	★granduncle 伯叔公、舅公

＊grand 本身有巨大、壯觀的意思，像是美國知名景點grand canyon就是大峽谷的意思。

2. inter+【名詞】／【形容詞】

　＝（交互作用的、～之間的）【名詞】／【形容詞】

◀ *Track 235*

變身前	變身後
★view　眼光、看法	interview　訪談
★net　網路	Internet　網際網路
national　國家的	★international　國際的

◀ *Track 236*

變身前	變身後
happy 開心的	unhappy 不快樂的
kind 仁慈的	★unkind 冷酷無情的
healthy 健康的	★unhealthy 不健康的
comfortable 舒適的	★uncomfortable 不舒服的
usually 通常地	★unusually 不尋常地
dress 穿衣服	★undress 脫衣服
clear 清楚的	★unclear 不清楚地

3-2. in/im/il/ir+【形容詞／副詞／動詞】=
【形容詞／副詞／動詞】的反義

◀ *Track 237*

變身前	變身後
convenient　方便的	★inconvenient　不方便的
correct　正確的	★incorrect　不正確的
possible　可能的	★impossible　不可能
expensive　昂貴的	★inexpensive　不貴的

3-3. dis+【形容詞／副詞／動詞】=【形容詞／副詞／動詞】的反義

◀ *Track 238*

變身前	變身後
honest　誠實的	★dishonest　不誠實的
agree　同意	★disagree　不同意
cover　覆蓋、封面、掩護	★discover　發現

4. mis+【動詞】=誤做了【動詞】

◀ *Track 239*

變身前	變身後
use　使用	★misuse　誤用
understand　了解	★misunderstand　誤解
take　拿	mistake　犯錯

5. tele+【物品名詞】= (用電的)【物品名詞】

◀< Track 240

變身前	變身後
★phone　聲音	telephone　電話
★vision　視覺	television　電視

6. en+【名詞】=【動詞】

◀< Track 241

變身前	變身後
joy　快樂	enjoy　享受

7. re+【動詞】= 再一次做【動詞】

◀< Track 242

變身前	變身後
★view　看	★review　再看一次、複習
fill　倒滿	★refill　續杯

第2節 最常見的字尾大變身

1. 【動詞】或【名詞】或【形容詞】＋ er/or/ar ＝ ～的人或物（名詞）

◀ *Track 243*

變身前	變身後
drive　駕駛	driver　駕駛者、司機
★erase　消去、塗去	eraser　橡皮擦
lead　領導	leader　領導者
mark　做記號	marker　簽字筆
office　辦公室	officer　官員
★refrigerate　使凍結	refrigerator　冰箱
★report　報告、報導	reporter　記者
rule　規則	ruler　尺

sing　唱歌	singer　歌手
teach　教	teacher　教師
wait　等待	waiter　男服務生 （關聯：ress）
work　工作	worker　工人
write　寫	writer　作家
★engine　引擎	engineer　工程師
farm　農場	farmer　農夫
★law　法律	lawyer　律師
foreign　外國的	foreigner　外國人
★compute　計算	computer　電腦
bank　銀行	★banker　銀行家
begin　開始	★beginner　初學者

borrow　借入	★borrower　借用者、借款人
buy　買	★buyer　買家、買主
cheat　欺騙	★cheater　騙子
clean　打掃	★cleaner　清潔工、乾洗店
climb　爬	★climber　攀登者
copy　抄寫、複製	★copier　抄寫員、複印機
dance　跳舞	★dancer　舞者
draw　畫、拉	drawer　製圖者、抽屜
interview　訪問、面試	★interviewer　訪問者、面試官
pay　付錢	★payer　付款者
play　玩	player　球員、玩家
★record　錄音、紀錄	recorder　錄音機、書記員

★scoot 飛奔	scooter 速克達機車
skate 溜冰	★skater 溜冰者
strange 奇怪的	stranger 陌生人
burn 燃燒	★burner 火口、燃燒器

2.【名詞】+ y =（～的）【形容詞】

◀ Track 244

變身前	變身後
★cloud 雲	cloudy 多雲的
★dirt 灰塵	dirty 髒亂的
fun 樂趣	funny 好笑的
health 健康	healthy 健康的
rain 雨	rainy 多雨的
snow 雪	snowy 下雪的

★thirst 口渴	thirsty 口渴的
wind 風	windy 多風的
boss 老闆	★bossy 愛指揮別人的
★craze 瘋狂	crazy 瘋狂的
fruit 水果	★fruity 有果味的
grass 草	★grassy 長滿草的、青草味的
hand 手	★handy 手邊的、手巧的
milk 牛奶	★milky 乳狀的、乳白色的
noise 噪音	★noisy 吵鬧的
sun 太陽	sunny 晴朗的
★luck 幸運	lucky 幸運的

3. 【名詞】+ful=～的【形容詞】

◀Track 245

變身前	變身後
★beauty　美麗	beautiful　美麗的
care　關心	careful　仔細的
help　幫忙	helpful　有幫助的
★success　成功	successful　成功的
use　使用	useful　有用的
★wonder　驚奇	wonderful　極好的
hurt　受傷、疼痛	★hurtful　傷害的
color　顏色	★colorful　多采多姿的
dish　盤子、菜餚	★dishful　一盤的

4. 【名詞／動詞】-less=沒有～的【形容詞】

◀ Track 246

變身前	變身後
hope　希望	★hopeless　絕望
care　關心	★careless　不關心的
count　計算	★countless　無以數計的

5. 【情緒動詞】+ed= 感到～的

◀ Track 247

變身前	變身後
★bore　使無聊	bored　感到無聊的
★excite　使興奮	excited　感到興奮的
interest　使有興趣	interested　感到興趣的
surprise　使驚訝	surprised　感到驚訝的

6.【情緒動詞】+ing=令人感到～的

◀ Track 248

變身前	變身後
★bore　使無聊	boring　令人感到無聊的
★excite　使興奮	exciting　令人感到興奮的
interest　使有興趣	interesting　令人感到興趣的
surprise　使驚訝	surprising　令人感到驚訝的

7.【名詞】+ly/y=【形容詞】

◀ Track 249

變身前	變身後
friend　朋友	friendly　友善的
love　愛	lovely　可愛的
★luck　幸運	lucky　幸運的
cost　價值	★costly　貴重的、昂貴的

8.【形容詞】+ly=【副詞】

◀┊Track 250

變身前	變身後
★final 最後的	finally 最後地
real 真實的	really 真實地
★usual 通常的	usually 通常地

9.【名詞(-or/er)】+ ess/ress = 女性的【名詞】

◀┊Track 251

變身前	變身後
★actor 男演員	actress 女演員
★prince 王子	princess 公主／王妃
waiter 男服務生	waitress 女服務生

10.【名詞】+ able/ible =【形容詞】

able　能夠……的

◀ Track 252

變身前	變身後
★comfort　舒適	comfortable　舒適的
★terror　恐怖	terrible　可怕的

11. (1)【國家名詞】+an/ian =【國家】的人
　　(2)【國家名詞】+ese =【國家】的人

　　在國中小基本英文字彙1200字裡共收錄了幾個國家的英文單字。什麼國家的人有兩種說法，第一種是在國家名字後面加上an/ian；另一種則是加上nese。

◀ Track 253

國家		人民	
America	美國	American	美國人
China	中國	Chinese	中國人
Taiwan	台灣	Taiwanese	台灣人

12.「名詞」-n/ian= ～的人「名詞」或～的「形容詞」

◀ Track 254

變身前	變身後
library 圖書館	★librarian 圖書館員
music 音樂	★musician 音樂家

13.「名詞」-ist= 專精～的人「名詞」或～的「形容詞」

◀ Track 255

變身前	變身後
★tour 遊覽	★tourist 觀光客
★novel 小說	★novelist 小說家
★dent 凹痕、齒	dentist 牙醫

14.【動詞】-ion=【名詞】

◀ Track 256

變身前	變身後
★discuss 討論	★discussion 討論
★act 行動	★action 行動
collect 收集	★collection 收集

15.【動詞】-al=【名詞】

◀ Track 257

變身前	變身後
arrive 到達	★arrival 到達
★refuse 拒絕	★refusal 拒絕

16.【動詞】-ment=【名詞】

◀ Track 258

變身前	變身後
move 移動	★movement 移動、動作
agree 同意	★agreement 同意

17. 【形容詞】-ness=【名詞】

◀ Track 259

變身前	變身後
kind 仁慈的	★kindness 仁慈
happy 快樂的	★happiness 快樂、幸福
busy 忙碌的	business 生意
cold 寒冷的	★coldness 寒冷
cool 涼爽的	★coolness 涼爽
craze 瘋狂的	★craziness 狂熱
dry 乾的	★dryness 乾燥

18. 【形容詞】-ty=【名詞】

◀ Track 260

變身前	變身後
safe 安全的	★safety 安全
special 特別的	★specialty 專長

19. 【形容詞】-th=【名詞】

◀ Track 261

變身前	變身後
warm 溫暖的	★warmth 溫暖
★wide 寬的	★width 寬度

20. 【名詞】-ous=【形容詞】

◀ Track 262

變身前	變身後
★fame 名聲	famous 有名的
★danger 危險的	dangerous 危險的

21. 【名詞】-ish=【形容詞】

◀ Track 263

變身前	變身後
★fool	★foolish
child	★childish

22. 【動詞】-able=【形容詞】

◀ Track 264

變身前	變身後
eat　吃	★eatable　可吃的
★rely　信賴	★reliable　可信賴的

23. 【動詞】-ery=做【動詞】的地方

◀ Track 265

變身前	變身後
bake　烘烤	bakery　麵包店
eat　吃	★eatery　餐館

24. 【動詞】-ent=【名詞】

◀ Track 266

變身前	變身後
★differ　不同	different　不同的
★excel　勝過、優於	excellent　極好的

第3節 最常見的組合字

所謂組合字是指兩個單獨的英文字合成一個英文字，就好像中文的造詞。以下是幾種常見的組合字。

1.【名詞】+ man= 做～的人

🔊 Track 267

變身前	變身後
business　生意	businessman　生意人
fish　魚	fisherman　漁夫
mail　郵件	mailman　郵差
★sales　銷售	salesman　銷售員
snow　雪	snowman　雪人

2. 【名詞】+ room = 做～的空間

room　　房間

◀ Track 268

變身前	變身後
bath　洗澡	bathroom　浴室
bed　床	bedroom　臥室
class　上課	classroom　教室
★dining　用餐	dining room　餐廳
★living　生活起居	living room　客廳
rest　休息	restroom　洗手間

3. some+【名詞】= 某個~

◀ Track 269

變身前	變身後
one 一個	someone 某人
body 身體	somebody 某人
thing 事情	something 某事
time 時間	sometimes 有時候
where 哪裡	somewhere 某處

4.【形容詞】+one = ~一個

◀ Track 270

變身前	變身後
some 某個	someone 某人
any 任何	anyone 任何人
every 每個	everyone 每個人

5. 【名詞】+ ball = ～球

🔈 *Track 271*

變身前	變身後
★base　壘包	baseball　棒球
basket　籃子	basketball　籃球
★dodge　躲避	dodge ball　躲避球 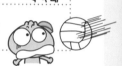

6. any+【名詞】=（任何的）【名詞】

🔈 *Track 272*

變身前	變身後
one　一個	anyone　任一個
thing　事情	anything　任何事

7. every+【名詞】=（每一個的）【名詞】

🔈 *Track 273*

變身前	變身後
one　一個	everyone　每一個

thing 事情	everything 每件事

8. 【名詞】／【形容詞】+thing=【名詞】事

thing　事情

◀ Track 274

變身前	變身後
any 任何的	anything 任何事
every 每一個的	everything 每件事
no 不、無	nothing 沒東西、沒事
some 某個	something 某事

9. no+【名詞】= 沒有【名詞】

◀ Track 275

變身前	變身後
thing 事情	nothing 沒東西、沒事
body 身體	nobody 沒有人

10. 【名詞】+store=（【名詞】的）店

◀ Track 276

變身前	變身後
book 書	**book**store 書店
★**department** 部門	**department** store 百貨公司

11. 【名詞】+book =（【名詞】的）書、本

book 書

◀ Track 277

變身前	變身後
note 筆記	**note**book 筆記本、筆電
work 工作	**work**book 作業本

12. air+【名詞】= (空中的、關於飛機的)【名詞】

air 空氣

◀ Track 278

變身前	變身後
★plane　扁平物	airplane　飛機
★port　港口	airport　機場
bag　袋子	★airbag　安全氣囊

13. class+【名詞】=（教室、學校、課程有關的）【名詞】

class　班級

◀ Track 279

變身前	變身後
★mate　同伴	classmate　同學
room　房間	classroom　教室

14. after+【名詞】=（在～之後的）【名詞】

after　在……之後

◀ Track 280

變身前	變身後
noon　中午	afternoon　下午

15. 【名詞/形容詞】+ day =【名詞】的日子

day　日子

◀┊Track 281

變身前	變身後
★birth　出生	birthday　生日
★holy　宗教的	holiday　假日

16. 【形容詞】+ board =【形容詞】的板子

◀┊Track 282

變身前	變身後
black　黑色的	blackboard　黑板
white　白色的	★whiteboard　白板

17. 【形容詞】+ sugar =【形容詞】的糖

sugar　糖

◀┊Track 283

變身前	變身後
brown　棕色的	★brown sugar　紅糖

18. super+【名詞】= 超級的【名】

★**super** 超級的

◀ *Track 284*

變身前	變身後
market 市場	**super**market 超級市場

　　市面上有許多記憶單字的app，很多都設計得非常有趣，有興趣的爸爸媽媽可以下載讓孩子試試看哦！

butter + fly ➞ butterfly
單字　　　　單字　　　　　　　組合字/複合字

第4節 數字的相關變化形態

★代表非1200單字範圍

【數字】+teen=+【數字】 ◀ *Track 285*

基本型		+teen=十～	
one	一	★eleven	十一
two	二	★twelve	十二
three	三	★thirteen	十三
four	四	fourteen	十四
five	五	★fifteen	十五
six	六	sixteen	十六
seven	七	seventeen	十七
eight	八	eighteen	十八
nine	九	nineteen	十九
ten	十		

【數字】+ty =【數字十】 ◀ *Track 286*

基本型		+ty=～十	
one	一		
two	二	★twenty	二十
three	三	★thirty	三十
four	四	★forty	四十
five	五	★fifty	五十
six	六	sixty	六十
seven	七	seventy	七十
eight	八	eighty	八十
nine	九	ninety	九十
ten	十	★hundred	一百
		★thousand	一千
		★million	百萬

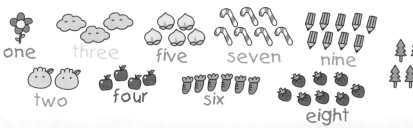

【數字】+ th = 第～(數字)【序數】 ◀ *Track 287*

基本型		+th=第~ (序數)	
one	一	first	第一
two	二	second	第二
three	三	third	第三
four	四	fourth	第四
five	五	fifth	第五
six	六	sixth	第六
seven	七	seventh	第七
eight	八	eighth	第八
nine	九	ninth	第九

ten	十	tenth	第十
eleven	十一	eleventh	第十一
twelve	十二	twelfth	第十二
thirteen	十三	thirteenth	第十三
fourteen	十四	fourteenth	第十四
fifteen	十五	fifteenth	第十五
sixteen	十六	sixteenth	第十六
seventeen	十七	seventeenth	第十七
eighteen	十八	★eighteenth	第十八
nineteen	十九	nineteenth	第十九
twenty	二十	twentieth	第二十

　　光是把這整段關於數字的規則學會，孩子就至少記住了這1200字裡的41個字呢～

Q. 那二十一要怎麼說呢？

A. twenty-one / twenty-first

接下來，請和孩子練習看看哦！

數字	序數
22	
23	
24	
25	
26	
27	
28	
29	
30	
31	
32	
33	
34	
35	
36	
37	
38	
39	
40	
41	
42	

43	
44	
45	
46	
47	
48	
49	
50	
51	
52	
53	
54	
55	
56	
57	
58	
59	
60	
61	
62	
63	
64	
65	
66	

　　星期一到星期日的系列單字共7個，這7個單字的字尾都是day，但是字首就很不一樣，有的還長得很像，例如星期二跟星期四……還好這屬於每天都會用到的單字，每天見面相信「日久生情」，從大聲唸出來開始，一定很快就能記住！

- **Mon**day

　　因為星期一常常遲到被罵，所以是「罵day」。

- **Tues**day

　　因為上學很煩很想「吐」，所以是「吐死day」。

- **Wednes**day

　　星期三只有半天課，所以是「玩的day」。

- **Thurs**day

　　星期四上學因為星期三只上半天課，放學玩太瘋，隔天容易遲到就會被鎖住，所以是「鎖的day」。

- **Fri**day

　　爸爸媽媽通常星期五會帶我去吃我最愛的漢堡，所以是「福來day」。

- **Satur**day

　　星期六不用上學，可以一直睡，所以是「睡的day」。

- **Sun**day

　　星期日希望都能出太陽就可以出去玩，所以是「太陽day」（sun 太陽）。

記住一年12個月的月份英文，就又多了12個單字。

這12個月份的英文單字都跟希臘神話人物有關，比較有規律的是一、二月跟九～十二月。據說原本最早羅馬帝國只有十個月，後來凱撒大帝決定增加兩個月，且加在年頭，變成現在的一、二月；原本的一、二月就變成三、四月了！

• -uary= 一、二月字尾

January	一月
February	二月

• -ber = 九～十二月字尾

September	九月
October	十月
November	十一月
December	十二月

剩下的三～八月的英文單字都是從拉丁文來的，因為我們又不懂拉丁文，所以要靠拉丁文記單字反而就像繞遠路一樣……幸好這幾個單字的字母數都不多，最多也才5個字母，每天多唸幾次，很快就能記住囉！

• March 三月	• April 四月	• May 五月
• June 六月	• July 七月	• August 八月

小祕訣

其實記住12個月份單字最好的做法就是每天練習一遍。爸爸媽媽可以每天這樣問孩子：

1 What month is it now? 　　現在是幾月？

2 What month is last month? 　　上個月是幾月？

3 What month is next month? 　　下個月是幾月？

4 Which month is your birthday? 　　你生日是幾月？

5 Which month is your mother's birthday? 你媽媽的生日是幾月？
（媽媽可以改爸爸、哥哥、姊姊、弟弟、妹妹等親朋好友帶入）

6 Which month is Christmas? 　　聖誕節是幾月？
（Christmas可以用各種節日帶入）

可以在家裡擺一個有英文月份的日曆，讓孩子每天看、每天說，一定就能記住了！

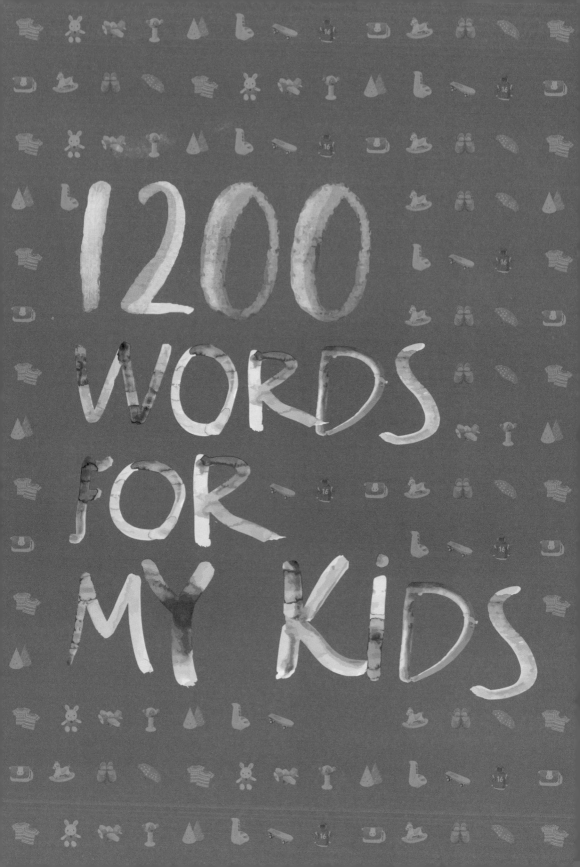

Part 3

單字情境
　　學習法

Part 3 單字情境學習法

　　從生活中學習英文並且應用單字，建立與單字的情感，是本書中一直提醒強調對孩子最有效而且最不容易忘記的方法。

　　本章節就是我們精心整理出的50幾種生活情境，透過各種有意義的情境分類和輕鬆活潑的插圖，單字不用背，希望爸媽和孩子一起，把國中小1200單字（及數百個延伸單字）實用在生活中。（★代表非1200單字範圍）

本章節的單字記憶著重於「潛移默化」，有幾個使用上的小技巧來分享：

❶ 單字不用背，不斷多看文字圖片多聽音檔。

❷ 著重機會教育，比方説生活中若遇到親戚、時間、食物、身體、學科等各種情境時，就可以趁機使用練習其中的單字。

❸ 練習例句，並且做單字的替換，並利用例句在生活中運用。

❹ 可以把一些情境影印下來，貼在如客廳、廁所、廚房等場所，這樣對圖像記憶單字很有幫助喔！

◆ 稱呼代名詞篇 pronoun

人稱代名詞 ◀ Track 290

- **I** 我
- **Mr** 先生
- **Mrs.** 女士
- **Miss** 小姐
- **he** 他

- **she** 她
- **we** 我們
- **you** 你們
- **they** 他們

例句練習 ◀ Track 291

（＊在符合文法及文義情況下，底線處可自由增替上面的單字做練習）

❶ I am very tired.

我非常疲倦。

❷ They are quite happy.

他們非常開心。

非人稱代名詞 ◀ Track 292

- **this** 這個
- **that** 那個

- **these** 這些
- **those** 那些

例句練習 ◀ Track 293

（＊在符合文法及文義情況下，底線處可自由增替上面的單字做練習）

❶ This is a cute dog.

這是一隻可愛的狗。

❷ These are very pretty.

這些非常漂亮。

◆ 親戚篇 family

◀ Track 294

- father　父親

- mother　母親

- grandfather
  祖父

- son　兒子

- daughter　女兒

- grandmother
  祖母

- cousin　堂表兄弟姐妹

- aunt　姑嬸

- husband　丈夫

- uncle　叔伯

- wife　妻子

• **brother** 兄弟 　• **boy** 男生

• **sister** 姐妹 　• **girl** 女生

• **family** 家庭／家人　• **baby** 嬰兒

• **child** 小孩

例句練習 ◀ *Track 295* ·····································

（＊在符合文法及文義情況下，底線處可自由增替上面的單字做練習）

❶ I love my <u>grandmother</u>!

我愛我的祖母。

❷ I like my <u>younger sister</u>.

我喜歡我的妹妹。

◆ 數字篇 number

◀ Track 296

- zero 零

- one 一

- two 二

- three 三

- four 四

- five 五

- six 六

- seven 七

- eight 八

- nine 九

- ten 十

- eleven 十一 11

- twelve 十二 12

- thirteen 十三 13

- fourteen 十四 14

- fifteen 十五 15

- sixteen 十六 16

- **seventeen** 十七　17
- **eighteen** 十八
- **nineteen** 十九
- **twenty** 二十
- **thirty** 三十
- **forty** 四十
- **fifty** 五十

- **sixty** 六十
- **seventy** 七十
- **eighty** 八十
- **ninety** 九十
- **hundred** 百
- **thousand** 千
- **million** 百萬

例句練習 🔊 *Track 297* ·······································

（＊在符合文法及文義情況下，底線處可自由增替上面的單字做練習）

❶ Derek has <u>three</u> pencils.

德瑞克有三隻鉛筆。

❷ Angel is <u>eleven</u> years old.

安琪兒十一歲。

◆ 序數篇 ordinal

（除字尾為first,second,third外，
其他一律在字尾加上th表示序數）

🔊 *Track 298*

- **first** 第1

- **second** 第2

- **third** 第3

- **fourth** 第4

- **fifth** 第5

- **sixth** 第6

- **seventh** 第7

- **eighth** 第8

- **ninth** 第9

- **tenth** 第10

- **eleventh** 第11

- **twelfth** 第12

- **thirteenth** 第13

- **fourteenth** 第14

- **fifteenth** 第15

- **sixteenth** 第16

- seventeenth　第17

- ★thirtieth　第30

- eighteenth　第18

- ★fortieth　第40

- nineteenth　第19

- ★fiftieth　第50

- twentieth　第20

- ★sixtieth　第60

- ★twenty-first　第21

- ★one hundredth　第100

- ★twenty-second　第22

例句練習 ◀ Track 299 ....

（＊在符合文法及文義情況下，底線處可自由增替上面的單字做練習）

1 April <u>twenty-second</u> is my birthday.
四月二十二號是我的生日。

◆ 月份季節篇
month & season

◀ *Track 300*

【month月份】

- January 一月

- February 二月

- March 三月

- April 四月

- May 五月

- June 六月

- July 七月

- August 八月

- September 九月

- October 十月

- November 十一月

- December 十二月

【season季節】

- spring 春天

- summer 夏天

- autumn/fall 秋天

- winter 冬天

【week週】

• **weekend**　週末

• **Monday**　星期一

罵day

• **Tuesday**　星期二

吐死day

• **Wednesday**　星期三

玩的day

• **Thursday**　星期四

鎖的day

• **Friday**　星期五

福來day

• **Saturday**　星期六

睡的day

• **Sunday**　星期日

太陽day

例句練習　Track 302

（＊在符合文法及文義情況下，底線處可自由增替上面的單字做練習）

❶ I went to the theme park with Mom last <u>Friday</u>.
我上週五和媽媽去主題樂園。

❷ I will visit Grandma this <u>winter</u>.
這個冬季，我會拜訪祖母。

◆節日篇 holiday

◀ Track 303

- birthday　生日　
- festival　節慶
- Christmas　聖誕節　
- Halloween　萬聖節　
- New Year　新年　
- Chinese New Year
  農曆新年　
- National Day　國慶日

- Teacher's Day　教師節
- Mother's Day　母親節　
- Father's Day　父親節　
- Mid-Autumn Festival
  中秋節
- ★Dragon Boat Festival
  端午節

例句練習　◀ Track 304

（＊在符合文法及文義情況下，底線處可自由增替上面的單字做練習）

1 <u>Chinese New Year</u> is my favorite holiday.
農曆新年是我最喜歡的節日！

2 Next Friday is <u>Halloween</u>.
下個週五是萬聖節

◆ 時間篇 time

◀ Track 305

- **now** 現在
- **past** 過去
- **future** 未來
- **date** 日期
- **day** 天
- **hour** 小時
- **minute** 分鐘
- **second** 秒
- **time** 時間
- **o'clock** 點鐘

- **morning** 早上
- **noon** 中午
- **afternoon** 下午
- **evening** 傍晚
- **night** 晚上
- **tonight** 今晚
- **today** 今天
- **tomorrow** 明天
- **yesterday** 昨天

例句練習 ◀ Track 306 ‧‧‧‧‧‧‧‧‧‧‧‧‧‧‧‧‧‧‧‧‧‧‧‧‧

（＊在符合文法及文義情況下，底線處可自由增替上面的單字做練習）

❶ You have <u>20 minutes</u> to play on the iPad.
你有二十分鐘可以玩iPad。

❷ <u>Today</u> is my birthday.
今天是我的生日。

◆ 身體篇 body

手　　手

- **arm**　手臂

- **ear**　耳朵

- **eye**　眼睛

- **face**　臉

- **finger**　手指

- **foot**　腳

- **hair**　頭髮

- **hand**　手

- **head**　頭

- **knee**　膝蓋

- **leg**　腿

- **lip**　嘴唇

- **mouth**　嘴巴

- **back**　背

- **nail**　指甲

- **neck**　脖子

- **nose** 鼻子

- **shoulder** 肩膀

- **toe** 腳趾

- **tooth** 牙齒

- ★**eyebrow** 眉毛

- ★**dimple** 酒窩

- ★**tongue** 舌頭

- ★**waist** 腰部

- ★**palm** 手掌

- ★**heel** 腳後跟

例句練習 ◀ *Track 308* ················

（＊在符合文法及文義情況下，底線處可自由增替上面的單字做練習）

① She has a beautiful <u>nose</u>.
她有美麗的鼻子。

② Your <u>hands</u> are very dirty.
你的手很髒。

◆ 器官篇 organ

◀ Track 309

• **stomach** 胃

• **heart** 心

• **throat** 喉嚨

• ★**bone** 骨頭

• ★**lung** 肺臟

• ★**blood** 血液

• ★**liver** 肝臟

Hi！

• ★**skin** 皮膚

• ★**belly** 肚子

• ★**kidney** 腎臟

例句練習 ◀ Track 310

（＊在符合文法及文義情況下，底線處可自由增替上面的單字做練習）

❶ The <u>heart</u> is an important organ.
心臟是重要的器官！

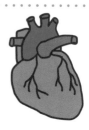

◆ 身體病痛相關 sickness

◀ *Track 311*

- **fever** 發燒

- **headache** 頭痛

- **cold** 感冒

- **medicine** 藥

- **doctor** 醫生

- ★**toothache** 牙痛

- ★**stomachache** 胃痛

- ★**sore throat** 喉嚨痛

- ★**diarrhea** 腹瀉

- ★**runny nose** 流鼻水

- ★**allergy** 過敏

- ★**cavity** 蛀牙

- ★**food poison** 食物中毒

- ★**bruise** 瘀傷

- ★**heatstroke** 中暑

- ★**sprain** 扭傷

- ★**sunburn** 曬傷

- ★**infection** 感染

- ★**dentist** 牙醫

- ★**clinic** 診所

例句練習 ◀ *Track 312* ·······································

（＊在符合文法及文義情況下，底線處可自由增替上面的單字做練習）

❶ I have a <u>fever</u>.
　我發燒了。

◆ 客廳篇 living room

- apartment　公寓

- balcony　陽台

- clock　鐘

- couch　沙發

- fan　風扇

- floor　地板

- house　房子

- key　鑰匙

- lamp　燈／光源

- light　燈／光線

- recorder　錄音機

- screen　螢幕

- TV set　電視

- sofa　沙發

- stairs　樓梯

- table　桌子

- telephone　電話　
- ★socket　插座　

- ★video recorder　錄影機
- ★plug　插頭　

- ★DVD player　DVD播放器　
- ★curtain　窗簾　

- ★air conditioner　冷氣　

例句練習 ◀ Track 314

（＊在符合文法及文義情況下，底線處可自由增替上面的單字做練習）

① We have a pretty <u>couch</u> in the living room.
我們在客廳有個漂亮的長沙發。

---

1. couch 是長沙發或睡椅，只有一邊（頭）有高起來可以靠，而且只有半個靠背的。sofa 是一般沙發，兩邊都有高起來可以靠然後有完整靠背的長椅。

 couch　 sofa

 Lamp

2. Lamp 指比較具體的檯燈桌燈類的，Light 則泛指一般燈具或光線。

Light

◆ 浴室廁所篇
bathroom

🔊 *Track 315*

- **bath** 洗澡

- **bathroom** 浴室

- **restroom** 廁所

- **towel** 毛巾

- **tub** 浴缸

- **bathmat** 浴室踏墊

- **★shower** 淋浴

- **★bath towel** 浴巾

- **★showerhead** 蓮蓬頭

- **★faucet** 水龍頭

- **★shampoo** 洗髮精

- **★shower gel** 沐浴乳

- **★soap** 肥皂

- **★soap dispenser** 給皂機

- **★wash basin** 洗臉盆

- ★take a dump
  上大號（較正式說法）

- ★poo　大便（非正式）

- ★number two
  大便（非正式）

- ★pee　小便（非正式）

- ★number one
  小便(非正式)

- ★toilet　馬桶

- ★toilet paper　衛生紙

- ★toilet roll　廁所紙捲

- ★sink　洗手臺／水槽

例句練習　◀ Track 316

（＊在符合文法及文義情況下，底線處可自由增替上面的單字做練習）

1 This is a <u>toilet</u>.
這是個馬桶。

2 That is my favorite <u>soap</u>.
那是我最喜歡的肥皂。

廁所也可以用 toilet，不過一般使用 restroom 比較多。bathroom 也有廁所的意思，但多半是帶有浴室的廁所，所以建議用於家裏的廁所會更好。

◆ 臥室篇 bedroom

◀ Track 317

- **bed**　床

- **bedroom**　臥室

- ★**nightstand**
床頭櫃（= night stand）

- **blanket**　毛毯

- ★**night light (lamp)**
夜燈

- **comb**　梳子

- ★**bedside lamp**　床頭燈

- ★**toss pillow**
靠枕、抱枕

- ★**comforter**　薄被子

- ★**pillow**　枕頭

- ★**mattress pads**　床墊

- ★**bed covers**　床罩

- ★**hanger**　衣架

- ★**closet**　衣櫃

例句練習　◀ *Track 318* . . . .

（＊在符合文法及文義情況下，底線處可自由增替上面的單字做練習）

❶ My Dad bought a new <u>blanket</u> last week.
爸爸上週買了一個新毛毯。

由於在美國地區冬天都有暖氣，一般都不需要厚重被子，所以蓋的被子是 comforter，讓人覺得舒適的東西。 在英國就少用 comforter，而是使用 quilt，而 duvet 就是一般被子的稱呼。

◆ 廚房篇 kitchen

🔊 Track 319

- **kitchen** 廚房

- **mop** 拖把

- **refrigerator** 冰箱
  （也可以簡稱 fridge）

- ★**sink** 水槽

- **trash** 垃圾

- ★**gas stove** 瓦斯爐

- **garbage** 垃圾

- ★**trash can** 垃圾桶

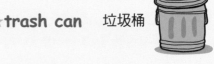

- **pot** 壺

- ★**freezer** 冷凍庫

- ★**cook pot** 煮湯鍋

- ★**oven** 烤箱

- ★**rag** 抹布

- ★toaster 烤麵包機
- ★counter 流理台

- ★cookware 烹飪器具
- ★kitchen knife 菜刀

- ★microwave oven 微波爐
- ★peeler 削皮機

- ★cutting board 砧板
- ★rice cooker 電鍋

- ★pan 平底煎鍋

例句練習 ◀Track 320

（＊在符合文法及文義情況下，底線處可自由增替上面的單字做練習）

❶ The <u>pan</u> is very good and easty to use.
這個平底鍋很好且容易使用。

trash 指比較小型的垃圾。

garbage 指比較大，或是像廚餘的垃圾。

◆ **餐具容器篇** tableware

- **bottle** 瓶子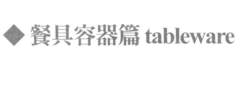

- **bowl** 碗

- **chopsticks** 筷子

- **cup** 杯子

- **plate** 盤子

- **glass** 玻璃杯

- **spoon** 湯匙

- **fork** 叉子

- ★**tray** 托盤

- **knife** 刀子

- ★**mug** 馬克杯

- ★**lunch box** 便當盒

- ★**spatula** 抹刀

- ★**food container**

  保鮮盒

例句練習 🔊 Track 322 ································

（＊在符合文法及文義情況下，底線處可自由增替上面的單字做練習）

① Derek, please help wash the <u>forks</u> and <u>bowls</u>.

德瑞克，請幫忙洗一下叉子和碗。

cup, glass 和mug的差別

cup 通常是指由陶、瓷或紙等製成，用於裝熱飲如茶、咖啡、熱巧克力等為主，通常有把手也常與杯碟一起用。

mug 與 cup 類似，但比 cup 高和重，用於裝熱飲如茶、咖啡、熱巧克力等、但沒有碟子。

glass 是指由玻璃或透明塑膠等製成，主要用於裝冷飲，通常沒有把手。

 cup

 mug

 glass

◆ 衣服篇 clothes

穿什麼

Track 323

- belt　皮帶

- cap　無邊帽

- clothes　衣服

- coat　大衣

- dress　衣服

- glasses　眼鏡

- glove　手套

- jacket　夾克

- jeans　牛仔褲

- hat　帽子

- pants　褲子

- pocket　口袋

- ring　戒指

- shirt　襯衫

- shoes　鞋子

- shorts　短褲

- sweater　毛衣

- socks　襪子

- T-shirt　T恤

- uniform　制服

- vest　背心
- wallet　錢包
- ★purse　皮包
- ★scarf　圍巾
- ★raincoat　雨衣
- ★trousers　褲子

- ★sport pants　運動褲
- ★underpants　內褲
- ★boots　靴子
- ★sports shoes　運動鞋
- ★sandals　涼鞋拖鞋
- ★slippers　室內拖鞋

例句練習　◀Track 324 ·······························

（＊在符合文法及文義情況下，底線處可自由增替上面的單字做練習）

❶ Mom, can you help wash my dirty <u>pants</u>?
媽，你可以幫忙洗我的髒褲子嗎？

❷ Dad, can I buy a pair of new <u>shoes</u>?
爸，我能買一雙新鞋嗎？

1. wallet 就是放錢的錢包，所以不可能太大，男女都可以用的，放在口袋裏。而 purse 則是用揹的，裏面放女性的各種用品，當然也可以放 wallet 在裏頭。

2. pants 在美式英語上與 trousers 都是指褲子的意思。但是在英式英文中，pants 還有代表內褲的意思

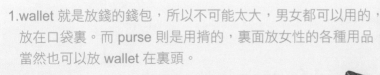

Part3 單字情境學習法　　205

◆ 公園篇 park

- bench　長椅

- picnic　野餐

- pond　池塘

- seesaw　蹺蹺板

- slide　溜滑梯

- swing　溫鞦韆

- ★rocking horse　搖木馬

- ★footpath　步行步道

- ★trail　小徑

- ★track　跑道

- playground　遊樂場

- ★basketball court　籃球場

- ★lawn　草地

- ★fountain　噴水池

- ★booth　亭子

- square　廣場

例句練習 🔊 *Track 326*

（＊在符合文法及文義情況下，底線處可自由增替上面的單字做練習）

❶ There is a special <u>fountain</u> in the park.
公園裡有個特別的噴泉。

◆ 學校教室篇 school & classroom

- blackboard 黑板

- book 書

- chair 椅子

- chalk 粉筆

- classmate 同學

- classroom 教室

- club 社團

- desk 桌子

- elementary school 小學

- gate 大門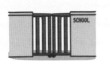

- library 圖書館

- playground 操場

- student 學生

- teacher 老師

- ★auditorium 禮堂

- ★campus 校園

- ★whiteboard 白板

- ★hallway 走廊

例句練習 ◀ Track 328 · · · · · · · · · · ·

（＊在符合文法及文義情況下，底線處可自由增替上面的單字做練習）

❶ Let's borrow some <u>books</u> from the <u>library</u>.
讓我們從圖書館借點書。

◆ 學校科目及學習
course & study

 Track 329

- course　科目

- class　課／班級

- computer　電腦

- English　英文

- mistake　錯誤

- PE (physical education)　體育課

- Chinese　中文

- grade　成績 幾分?

- question　問題

- history　歷史

- quiz　小考

- homework　家庭作業

- science　科學

- language　語言

- subject　主題

- lesson　課程

- test　考試

- math　數學課

- workbook　作業本

- ★curriculum　課表
- ★examination　考試
- ★platform　講臺
- ★mid-term exam　期中考
- ★pop quiz　隨堂小考

- ★final exam　期末考
- ★social studies　社會課
- ★dialects　鄉土語言課
- ★science and technology
  自然與生活科技課

例句練習 ◀ Track 330

（＊在符合文法及文義情況下，底線處可自由增替上面的單字做練習）

① I had a <u>math final exam</u> this morning. It was bad.
　　我今早有數學期末考，考得不好。

② <u>Chinese</u> is my favorite class.
　　中文是我最喜歡的課。

1. Physical Education 體育課也可以簡稱 PE。

2. Test ,examination 和 quiz 的差別：
   Examination 簡稱 exam，是指一個正式的考試，由政府或是學校機構所舉辦。Test 則是廣義的「考試」稱呼，各類型考試都可以叫 test，而且也有其他意思，像是測試、檢驗或是檢查的意思。
   而 quiz 則是「小考」，通常指的是一小段教學中的非正式考試。

◆ 運動種類篇
sport

🔊 *Track 331*

- **badminton** 羽毛球

- **ball** 球

- **baseball** 棒球

- **basketball** 籃球

- **dodge ball** 躲避球

- **exercise** 運動

- **frisbee** 飛盤

- **game** 比賽

- **gym** 健身房

- **hike** 徒步健行

 jog　慢跑

 ● tennis　網球

● race　競賽

● ★rugby　橄欖球

● roller skating
　　四輪滑輪溜冰

● ★American football
　　美式足球

● skate　溜冰

● ★volleyball　排球

● soccer　足球

● ★table tennis　桌球

● surf　衝浪

● ★baseball bat　球棒

● swim　游泳

● ★baseball glove　手套

- ★golf 高爾夫球

- ★referee 裁判

- ★golf course 高爾夫球場

- ★sports jersey 運動衣

- ★golf club 高爾夫球棍

- ★baseball stadium
  棒球場

- ★basketball court
  籃球場

例句練習 🔊 *Track 332*

（＊在符合文法及文義情況下，底線處可自由增替上面的單字做練習）

❶ <u>Tennis</u> is my favorite sport.
網球是我最喜愛的運動。

1.game 是泛指任何正式或非正式，只要具有競爭性的比賽，
　從小朋友玩的遊戲，到正式奧運賽會都可以用 game。
　而 race 的使用比較有限定特定範圍，
　專指與速度有關競賽，如賽跑和賽馬等都是用 race。

2.在足球的表達上，若是一般用腳踢的足球，我們會說是 soccer 或是 football.
　如果是美國職業運動的美式足球，說法上就會是 American football。

3.club 有兩個意思，除了俱樂部社團的解釋外，也有棍棒的意思。最常使用在運
　動的部分就是 golf club 高爾夫球棍。但是用在棒球球棒上則要使用 bat 了。

golf
club

4.racket 是指網球拍，
　若是桌球拍則要使用 paddle。

racket

paddle

◆ 音樂和樂器篇
music & musical instrument

🔊 *Track 333*

- **flute** 長笛
- ★**horn** 號

- **guitar** 吉他

- ★**trumpet** 小喇叭

- **piano** 鋼琴

- ★**harmonica** 口琴

- **violin** 小提琴

- ★**harp** 豎琴

- ★**organ** 風琴

- ★**musician** 音樂家

- ★**accordion** 手風琴

- ★**instrument** 樂器

- ★concert　音樂會
- ★orchestra　管弦樂
- ★symphony　交響樂
- ★classical　古典樂

- ★jazz　爵士樂

- ★rock　搖滾樂
- ★pop　流行樂

- ★hip-hop　嘻哈樂

例句練習 ◀ Track 334

（＊在符合文法及文義情況下，底線處可自由增替上面的單字做練習）

1 I can play (the) <u>piano</u>.
我能彈鋼琴。

2 I am crazy about <u>jazz</u>!
我為爵士樂著迷。

◆ 水果篇 fruit

◀ Track 335

- apple　蘋果
- peach　桃子
- banana　香蕉
- pear　梨子
- grape　葡萄　
- strawberry　草莓
- guava　芭樂
- tomato　番茄
- lemon　檸檬
- watermelon　西瓜
- orange　柳橙
- ★wax apple　蓮霧
- papaya　木瓜
- ★pineapple　鳳梨

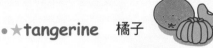

- ★**melon** 香瓜
- ★**tangerine** 橘子
- ★**kiwi** 奇異果
- ★**mango** 芒果

- ★**coconut** 椰子
- ★**cherry** 櫻桃
- ★**passion fruit** 百香果

例句練習 🔊 *Track 336* ....

（＊在符合文法及文義情況下，底線處可自由增替上面的單字做練習）

❶ I love pears.
我喜歡梨子。

❷ I hate pineapples.
我討厭鳳梨。

1.wax apple 是蓮霧，臺灣常見的水果。還有另一種說法叫做bell fruit，這是因蓮霧是不是長得像一個鈴鐺呢？

wax apple

2.橘子和柳丁是不同的英文名詞，爸媽在和孩子聊到時要注意。橘子在美國稱 tangerine，而在臺灣除了 tangerine 外，本地產的橘子，也可稱 mandarin (orange)。

tangerine　　　**mandarin**

◆ 三餐篇 meal

- breakfast　早餐
- chicken　雞肉
- dish　菜
- duck　鴨肉
- dumpling　水餃
- egg　蛋
- ham　火腿
- hamburger　漢堡

- bread　麵包
- bun　小圓麵包
- lunch　午餐
- meal　餐點
- meat　肉
- noodle　麵條
- pie　派
- dinner　晚餐

【小朋友愛吃食物】

- ★curry rice　咖哩飯

- ★glass noodles
  (green bean noodles)　冬粉

- ★wonton soup　餛飩湯

- ★fried pork　炸排骨

- ★dried tofu　豆干

- ★pot sticker　鍋貼

- ★chicken nugget　雞塊

- ★braised pork rice
  滷肉飯

- ★corn soup　玉米濃湯

例句練習　◀ *Track 338*

（＊在符合文法及文義情況下，底線處可自由增替上面的單字做練習）

❶ My favorite food is <u>curry rice</u>.
我最喜歡的食物是咖哩飯。

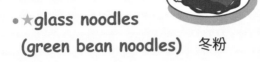

麵條是小朋友最喜歡吃的食物之一，牛肉麵就可以稱作 beef noodles。若是冬粉就可以說是 glass noodles 或是 green bean noodles。但是意大利麵可不能叫做 noodles，而要說 spaghetti 喔！

beef noodles　　glass noodles　　spaghetti

◆ 飲料篇 drinks

◀ Track 339

- **coffee** 咖啡

- **juice** 果汁

- **milk** 牛奶

- **tea** 茶

- **Coke** 可樂

- **water** 水

● ★soda　汽水

● ★cocoa　可可

● ★black tea　紅茶

● ★orange juice　柳橙汁

● ★milk tea　奶茶

● ★wine　紅酒

例句練習 ◀ *Track 340* . . . .

（＊在符合文法及文義情況下，底線處可自由增替上面的單字做練習）

❶ <u>Milk</u> is my favorite drink.
　　牛奶是我最喜歡的飲料。

◆點心零食篇
snack & dessert

◀ Track 341

- cake　蛋糕

- candy　糖果

- chocolate　巧克力

- cookie　餅乾

- French fries　薯條

- honey　蜂蜜

- ice cream　冰淇淋

- popcorn　爆米花

- hot dog　熱狗

- snack　零食

- sugar　糖

- ★dessert　點心

- ★cracker　餅乾

- ★soda cracker　蘇打餅乾

- ★sandwich cookie　夾心餅乾

- ★biscuit　餅乾

- ★potato chip　洋芋片

- ★nut　堅果

- ★peanut　花生

- ★walnut　核桃

- ★hazelnut　榛果

- ★raisin　葡萄乾

- ★puff　泡芙

- ★macaron　馬卡龍

- ★**egg roll** 蛋卷

- ★**marshmallow** 棉花糖

- ★**toffee** 太妃糖

- ★**caramel** 牛奶糖

- ★**chewing gum** 口香糖

- ★**cheesecake** 起司蛋糕

- ★**jelly** 果凍

- ★**jerky** 肉乾

- ★**pudding** 布丁

- ★**sea sedge** 海苔

- ★**preserved fruit** 蜜餞

例句練習 ◀ *Track 342* ⋯⋯⋯⋯⋯⋯⋯⋯⋯⋯⋯⋯⋯

（＊在符合文法及文義情況下，底線處可自由增替上面的單字做練習）

❶ <u>Pudding</u> is my favorite <u>dessert</u>.
布丁是我最喜歡的點心。

❷ Can I eat some <u>ice cream</u> before dinner?
晚餐前我可以吃上一些冰淇淋嗎？

cookie 是小圓甜餅乾，cracker 是鹹脆餅乾，而 biscuit 是比較類似麵包的餅乾。

cookie

cracker

biscuit

◆ 蔬菜篇 vegetable & plants

🔊 Track 343

- bean　豆子

- lettuce　萵苣

- pumpkin　南瓜

- vegetable　蔬菜

- ★broccoli　花椰菜

- ★cauliflower　白色花椰菜

- ★cabbage　高麗菜

- ★cucumber　小黃瓜

- ★radish　白蘿蔔

- ★carrot　紅蘿蔔

- ★potato　馬鈴薯

- ★spinach　菠菜

- ★eggplant　茄子

- ★onion　洋蔥

- ★garlic　大蒜

例句練習 ◀ Track 344 ‧‧‧‧‧‧‧‧‧‧‧‧‧‧‧‧‧‧‧‧‧‧‧‧‧‧‧‧‧‧‧‧

（＊在符合文法及文義情況下，底線處可自由增替上面的單字做練習）

1 <u>Potatos</u> are my favorite vegetable.
　馬鈴薯是我最喜歡的蔬菜。

2 I don't like <u>carrots</u> at all.
　我一點都不喜歡紅蘿蔔。

1. broccoli 指的是花椰菜或是青花菜，是我們一般看到青色的蔬菜。若是是米黃色的花椰菜，在英文裏就要使用cauliflower。

broccoli

cauliflower

2. 一般白蘿蔔慣稱radish，但因radish也有紅色的，
白蘿蔔也可叫做Chinese radish或是white radish就不會搞混。
其他白蘿蔔還可以稱作turnip 或是daikon（日本説法）。

radish

◆ 動物篇 animal

◀ Track 345

- bat　蝙蝠　
- bear　熊
- cow　母牛　
- elephant　大象　
- fox　狐狸
- frog　青蛙　
- goat　山羊
- goose　鵝　
- hen　母雞
- hippo　河馬　
- horse　馬

- kangaroo　袋鼠　
- koala　無尾熊　
- lion　獅子
- monkey　猴子
- ox　公牛
- pig　豬　
- rat　老鼠　
- sheep　綿羊　
- turkey　火雞
- tiger　老虎　
- zebra　斑馬　

- zoo　動物園

- ★ape　黑猩猩

- ★cattle　牛

- ★crow　烏鴉

- ★camel　駱駝

- ★donkey　驢子

- ★deer　鹿

- ★giraffe　長頸鹿

- ★hog　野豬

- ★ostrich　鴕鳥

- ★raccoon　浣熊

- ★rhino　犀牛

- ★swan　天鵝

- ★wolf　狼

例句練習 ◀Track 346

（＊在符合文法及文義情況下，底線處可自由增替上面的單字做練習）

❶ Can we go to the zoo to see the <u>lions</u> and <u>tigers</u>?

我們可以去動物園看獅子和老虎嗎？

hog 是野豬，而豢養的豬就用pig。

hog

pig

◆ 寵物篇 pet

Track 347

- bird　鳥

- cat　貓

- dog　狗

- rabbit　兔子

- turtle　烏龜

- snake　蛇

- ★vet　獸醫

- ★goldfish　金魚

- ★animal food　動物飼料

- ★dove　鴿子

- ★eagle　老鷹

- ★frog　青蛙

- ★parrot　鸚鵡

- ★spider　蜘蛛

例句練習 Track 348

（＊在符合文法及文義情況下，底線處可自由增替上面的單字做練習）

❶ Mom, can I keep a <u>dog</u>?

媽，我可以養一隻狗嗎？

動物的幼獸通常有不同的英文說法，像小狗是puppy，小貓是kitten。

kitten

puppy

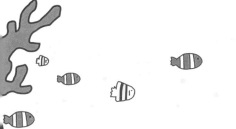

◆ 海生魚類動物篇 fish & marine animal

◀ Track 349

- **fish** 魚

- **shark** 鯊魚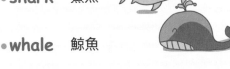

- **whale** 鯨魚

- **★alligator** 鱷魚

- **★dolphin** 海豚

- **★otter** 水獺

- **★seal** 海豹

- **★tuna** 鮪魚

- **★salmon** 鮭魚

- **★mackerel** 鯖魚

- **★octopus** 章魚

- **★clam** 蚌殼

- **★cod** 鱈魚

- **★trout** 鱒魚

- **★grouper** 石斑魚

- **★marlin** 旗魚

例句練習 ◀ Track 350 ⋯⋯⋯⋯⋯⋯⋯⋯

（＊在符合文法及文義情況下，底線處可自由增替上面的單字做練習）

① That <u>baby dolphin</u> is so cute!
那隻海豚寶寶很可愛！

◆ 昆蟲篇 insect

◀ *Track 351*

- ant　螞蟻

- bee　蜜蜂

- bug　小蟲

- butterfly　蝴蝶

- insect　昆蟲

- spider　蜘蛛

- ★fly　蒼蠅

- ★caterpillar　毛毛蟲

- ★dragonfly　蜻蜓

- ★firefly　螢火蟲

- ★mosquito　蚊子

- ★flea　跳蚤

- ★cockroach/roach　蟑螂

- ★cicada　蟬

- ★ladybug　瓢蟲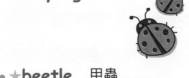

- ★beetle　甲蟲

- ★termite　白蟻

- ★grasshopper　蚱蜢

- ★cricket　蟋蟀

- ★moth　蛾

例句練習 ◄ *Track 352*

（＊在符合文法及文義情況下，底線處可自由增替上面的單字做練習）

❶ <u>Cockroaches</u> are horrible!

蟑螂很可怕！

◆ 職業篇 jobs

- engineer　工程師　

- farmer　農夫

- fisherman　漁夫　

- businessman　生意人

- lawyer　律師　

- doctor　醫生　

- driver　駕駛

- mailman　郵差　

- nurse　護士　

- officer　職員／官員　

- player　球員、玩家　

- police　警察　

- reporter　記者　

- salesman　銷售員

- secretary　秘書　

- shopkeeper　店員

- singer　歌手　

- soldier　士兵

- teacher 老師
- ★detective 偵探

- waiter 侍者
- ★president 總統

- waitress 女侍者
- ★fireman 消防員

- worker 工人
- ★model 模特兒

- writer 作家
- ★musician 音樂家

- ★artist 藝術家
- ★professor 教授

- ★astronaut 太空人
- ★sailor 水手

- ★chef 廚師
- ★scientist 科學家

- ★captain 船長

例句練習 ◀ Track 354

（＊在符合文法及文義情況下，底線處可自由增替上面的單字做練習）

❶ When I grow up, I want to be a <u>doctor</u>.
當我長大，我要做一個醫生。

◆ 遊戲娛樂篇
amusement

- chess　西洋棋

- ★Chinese chess　象棋

- doll　洋娃娃

- ★jump chess　跳棋

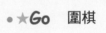

- toy　玩具

- ★Go　圍棋

- ★computer game
  電腦遊戲

- ★Monopoly
  大富翁，地產大亨

- ★table game　桌遊

- ★poker　撲克牌

- ★board game　棋盤遊戲

- ★**hopscotch**　跳格子

- ★**building block**　積木

- ★**Lego**　樂高

- ★**iPAD**　iPAD平板電腦

例句練習 ◀ *Track 356* ···

（＊在符合文法及文義情況下，底線處可自由增替上面的單字做練習）

❶ I like to play with Legos!

我喜歡玩樂高！

❷ May I play the iPad game now?

我現在可以玩平板電腦上的遊戲嗎？

◆ 文具篇 stationery

• **eraser** 橡皮擦

• **envelope** 信封

• **pencil** 鉛筆

• **letter** 信

• **pin** 大頭針

• **map** 地圖

• **postcard** 明信片

• **marker** 簽字筆

• **ruler** 尺

• **note** 筆記

• **stamp** 郵票

• **notebook** 筆記本

• **★pencil sharpener**

• **paper** 紙

  削鉛筆機

• **paste** 漿糊

• **★textbook** 教科書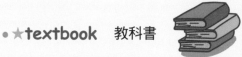

• **pen** 筆

• **★highlighter** 螢光筆

- ★stapler　訂書機
- ★Post-it note　便利貼
- ★paper clip　迴紋針
- ★scissors　剪刀
- ★sticker　貼紙
- ★ink　墨水

- ★glue　膠水
- ★ballpoint pen　原子筆
- ★crayon　蠟筆
- ★color pen　彩色筆
- ★white-out　立可白
- ★pushpin　圖釘

例句練習 ◀ Track 358

（＊在符合文法及文義情況下，底線處可自由增替上面的單字做練習）

❶ **I need a new pencil.**
我需要一隻新的鉛筆。

1. 剪刀scissors一定要使用複數的形態，因為它是由兩片來構成的。

2. eraser是橡皮擦的美式說法，英式說法是rubber。

◆ 城鎮設施篇
town & facility

🔊 Track 359

- **library** 圖書館

- **office** 辦公室

- **street** 街道

- **pool** 游泳池

- **supermarket** 超級市場

- **post office** 郵局

- **temple** 寺廟

- **road** 馬路

- **theater** 戲院

- **town** 城鎮

- **sidewalk** 人行道

- **★traffic sign** 交通號誌

• ★traffic jam　交通堵塞

• ★highway　高速公路

• ★bus stop　站牌

• ★crossroad　十字路口

• ★subway　地下鐵

• ★level crossing　平交道

• ★train station　車站

例句練習　◀ *Track 360* . . . .

（＊在符合文法及文義情況下，底線處可自由增替上面的單字做練習）

❶Where is the <u>post office</u>?

郵局在哪裡?

◆ 自然環境篇 nature

Track 361

- beach 沙灘

- hill 小山

- island 島嶼

- lake 湖

- land 陸地

- moon 月亮

- mountain 山

- planet 星球

- river 河流

- rock 岩石

- sea 海

- star 星星

- sun 太陽

- snow 雪

- typhoon 颱風

240

- weather 天氣

- •★waterfall 瀑布

- wind 風

- •★ocean 海洋

- •★valley 山谷

- •★tide 潮汐

- •★desert 沙漠

- •★canyon 峽谷

例句練習 ◀ Track 362 ....

（＊在符合文法及文義情況下，底線處可自由增替上面的單字做練習）

① The national park is famous for its beautiful <u>river</u>.
　這個國家公園以美麗的河流著名。

◆ 顏色形容詞篇 color

◀ Track 363

- **black** 黑色的

- **blue** 藍色的

- **brown** 棕色的

- **dark** 暗的

- **gray** 灰色的

- **green** 綠色的

- **pink** 粉紅的

- **purple** 紫色的

- **red** 紅色的

- **yellow** 黃色的

- ★**amber** 琥珀色

- ★**auburn** 赤褐色

- ★**indigo** 靛青色

- ★**violet** 紫羅蘭色

例句練習 ◀ Track 364 ....

（＊在符合文法及文義情況下，底線處可自由增替上面的單字做練習）

青菜在這！

❶ He hate the color <u>red</u>.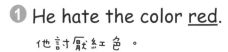

他討厭紅色。

❷ I like the color <u>green</u>.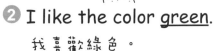

我喜歡綠色。

◆ 食物味道口感形容詞 taste

◀ Track 365

- **sweet** 甜的

- **yummy** 好吃的

- **dry** 乾的

- **delicious** 美味的

- ★**bitter** 苦的

- ★**ripe** 成熟的，醇美的

- ★**sour** 酸的

- ★**spicy** 辣的

- ★**salty** 有鹽份的，鹹的

- ★**seasoned** 調過味的

- ★**crispy** 酥脆的，清脆的

- ★**crumbly** 易碎的

- ★**burnt** 燒焦的

- ★**gross** 噁心的，難吃的

- ★**tough**
（肉等）老的，咬不動的

例句練習 ◀ Track 366

（＊在符合文法及文義情況下，底線處可自由增替上面的單字做練習）

① I like it because it is very sweet!

我喜歡，因為很甜！

② I hates it because it is very gross!

我討厭，因為很噁心！

sour 是指食物嚐起來有酸的味道，也可以使用acid來形容酸，而acid的範圍更廣泛，也包括非食物，而指東西本質上有酸性。酸還可以用tart來形容，指酸度夠強，帶給味覺上的一種刺激。

◆ 天氣形容詞篇 weather

- clear　　晴朗的

- cloudy　多雲的

- rainy　下雨的

- cold　　冷的

- snowy　下雪的

- cool　　涼爽的

- sunny　出太陽的

- dark　　暗的

- warm　溫暖的

- dry　　乾燥的

- hot　　熱的

- windy　多風的

- ★overcast　陰天的

- ★humid　潮濕的

- ★chilly　帶點寒意的

- ★breezy　有微風的

- ★foggy　多霧的

- ★gusty　強陣風的

例句練習 ◀ *Track 368* ‧‧‧‧‧‧‧‧‧‧‧‧‧‧‧‧‧‧‧‧‧‧‧‧‧‧‧‧‧‧‧

（＊在符合文法及文義情況下，底線處可自由增替上面的單字做練習）

❶ I love the weather here. It is always <u>sunny</u>!
我喜歡這裡的天氣，它總是出太陽。

❷ I hate the weather here. It is always <u>rainy</u>!
我討厭這裡的天氣，它總是下雨。

◆ 心情形容詞篇 mood

◀ Track 369

- afraid　害怕的

- crazy　瘋狂的

- angry　生氣的

- fine　好的

- bad　不好的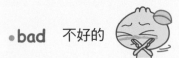

- glad　高興的

- bored　感覺無聊的

- great　很棒的

- busy　忙碌的

- happy　高興的

- excited　興奮的

- lonely　寂寞的

- mad　瘋狂的
- unhappy　不高興的
- sad　悲傷的
- ★joyful　喜悅的
- shy　害羞的
- ★crying　哭泣的
- terrible　糟糕的
- ★doubtful　懷疑的

例句練習 ◀ *Track 370* ⋯⋯⋯⋯⋯⋯⋯⋯⋯⋯⋯⋯⋯

（＊在符合文法及文義情況下，底線處可自由增替上面的單字做練習）

❶ I am very <u>sad</u>.
　我非常悲傷。

❷ I feel <u>angry</u>!
　我覺得生氣。

表達感覺的形容詞，一般都可以使用be動詞或是感覺動詞如feel。

◆ 人的外觀形容詞 outlook

◀ Track 371

- **big** 大的
- **small** 小的
- **old** 老的
- **young** 年輕的
- **dark** 黑的
- **white** 白的
- **tall** 高的
- **short** 矮的

- **fat** 胖的
- **thin** 瘦的
- **poor** 可憐的
- **pretty** 可愛的
- **beautiful** 美麗的
- **slim** 苗條的
- **strong** 強壯的
- **weak** 衰弱的

which one?

例句練習 ◀ Track 372 ....

（＊在符合文法及文義情況下，底線處可自由增替上面的單字做練習）

❶ **My brother is quite <u>fat</u>.**

我的哥哥很胖。

❷ **He looks <u>young</u>.**

他看起來年輕。

beautiful和pretty的用法很接近。beautiful是形容人、事、物的美，內在外在皆可；而pretty可用來形容人或物有吸引力的美，但不一定是真正的

◆ 讚美別人的形容詞 praise

妳人真好～

◀ Track 373

- beautiful　美麗的

- excellent　優秀的

- famous　有名的

- friendly　友善的

- handsome　英俊的

- helpful　有幫助的

- lovely　可愛的

- nice　親切的

- polite　有禮貌的

- popular　受歡迎的

- pretty　漂亮的

- smart　聰明的

- successful　成功的

- wise　有智慧的

- wonderful　很棒的

例句練習 ◀ Track 374

（＊在符合文法及文義情況下，底線處可自由增替上面的單字做練習）

1 He is very <u>smart</u>!

他很聰明！

◆ 身體狀況形容詞篇 health status

- **bad** 糟糕的

- **cold** 冷的

- **hot** 熱的

- **full** 飽的

- **hungry** 餓的

- **sore** 痛的

- **tired** 疲倦的

- **sick** 生病的

- ★**pale** 蒼白的

- ★**starving** 很餓的

- ★**painful** 痛苦的

- ★**sleepy** 想睡的

例句練習 ◀ Track 376 ⋯⋯⋯⋯⋯⋯⋯⋯⋯⋯⋯⋯

（＊在符合文法及文義情況下，底線處可自由增替上面的單字做練習）

❶ I feel sick.

我感覺生病了。

❷ I am sleepy.

我想睡覺。

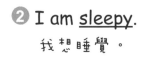

starving 比hungry 更飢餓

◆ 位置的形容詞 positon

◀ Track 377

- left　左邊的

- right　右邊的

- east　東邊的

- west　西邊的

- south　南邊的

- north　北邊的

- bottom　底部的

help

- top　頂端的

例句練習 ◀ Track 378 ....

（＊在符合文法及文義情況下，底線處可自由增替上面的單字做練習）

① **The chair is <u>on</u> the <u>left</u> side of the room.**
　椅子在房間的左邊。

◆ 位置的介系詞
preposition  Track 379

沿著河跑．
along

- **along** 沿著

- **above** 在……上方

早安！

- **across** 在……對面

- **around** 在……四周

- **on** 在

- **back** 在……後面

- **into** 到……之內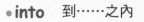

- **behind** 在……後面

遲到了！

- **out** 在……外面

- **below** 在……下面

- **outside** 在……外面

- **beside** 在……旁邊

- **over** 在……上面

- **between** 在……中間

- **under** 在……下面

- **inside** 在……裡面

- **from** 從……地方

- **at** 在 在6點

- **★among** 在一群……之中

- **in** 在

- **★through** 穿過

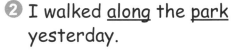

（＊在符合文法及文義情況下，底線處可自由增替上面的單字做練習）

1 I walked <u>through</u> the <u>park</u> yesterday.

我昨天走路穿過公園。

2 I walked <u>along</u> the <u>park</u> yesterday.

我昨天沿著公園走。

through

along

1. at, in 和on 用於地點和時間都是表達在的意思。

　　at 是表達較小的地方及準確的時間。

　　in 是表達較大的地方，地方及一個區段的時間。

　　on 是表達在什麼街道或什麼上面的地方，及表達日期與星期。

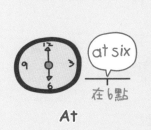

at six
在6點
At

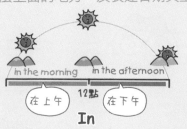

in the morning　in the afternoon
在上午　12點　在下午
In

On

2. above 及 over/below 及 under 這兩組意思大致一樣。但若是指物體有移動時，則使用 over 或 under 為宜。

　　The eagle flew <u>over</u> my head. 老鷹飛過我的頭上。

3. out 和 outside 在做介系詞使用上，

　　outside 會比較較明確表達在什麼物體之外。

◆ 常用學習動詞 verb for study

◀ Track 381

- **answer** 回答

- **begin** 開始

- **finish** 完成

- **fail** 失敗

- **forget** 忘記

- **get** 了解

- **know** 知道

- **read** 閱讀

- **remember** 記住

- **practice** 練習

- **prepare** 準備

- **spell** 拼字

- **speak** 說

- **listen** 聽

- **start** 開始

- **study** 學習

- **talk** 說

- **teach** 教

- **think** 想

- **try** 嘗試

- **understand** 理解

- **write** 寫

- ★**memorize** 背

- ★**solve** 解答

例句練習 ◀ *Track 382* . . . .

（＊在符合文法及文義情況下，底線處可自由增替上面的單字做練習）

❶ Please <u>finish your homework</u> now.
請完成你的家庭作業。

❷ Can you <u>solve the math problem</u>?
你能回答這個數學題目嗎？

◆ 常用助動詞 auxiliary verbs

◀ *Track 383*

- **can** 能
- **do** 真的..
- **may** 可以
- **must** 必須

- **shall** 將會
- **should** 應該
- **will** 將要

例句練習 ◀ *Track 384* ··

（＊在符合文法及文義情況下，底線處可自由增替上面的單字做練習）

❶ I <u>can</u> play (the) piano.

我能彈鋼琴。

❷ <u>Do</u> you <u>like</u> the pencil?

你喜歡這支鉛筆嗎？

❸ <u>May</u> I go to the park with Peter?

　我可以與彼得去公園嗎？

❹ You <u>must</u> go to sleep now!

　你一定要現在去睡覺。

❺ We <u>shall</u> visit my grandma tomorrow.

　明天我們將會去看外婆。

❻ He <u>will</u> start a new lesson tomorrow.

　他明天會有一個新的課程。

1. shall 和 will 都是「將會」的意思，但 shall 只能用在第一人稱 I/we 上，如果用在第二人稱或第三人稱，shall 則有「必須」的意思。

2. 助動詞就是幫助動詞，孩子使用起來很容易理解，就是助動詞後面一定是原型動詞。

◆ 表達頻率副詞 adverbs of frequency

🔊 Track 385

- sometimes　有時候

- never　從不

- often　經常

- always　永遠

- seldom　很少

- usually　通常

- ★frequently　頻繁地

- ★rarely　很少地

- ★routinely　慣例地

- ★constantly　經常地

- ★occasionally　偶爾地

例句練習

（＊在符合文法及文義情況下，底線處可自由增替上面的單字做練習）

1 I <u>rarely</u> drink milk.

我很少喝牛奶。

2 My younger brother <u>often</u> plays in the park.

我的弟弟經常在公園裡頭玩。

1.從發生的頻率由低到高分別為

never < rarely < seldom < occasionally < sometimes < often,frequently < routinely < constantly < usually < always

機率大概是：

always	（總是）	發生頻率100%
usually	（經常）	發生頻率約90%
often	（時常）	發生頻率約70%
sometimes	（有時候）	發生頻率約50%
seldom	（很少）	發生頻率約10%
never	（從未）	發生頻率約0%

2.頻率副詞習慣上放在動詞前面，與一般副詞放在動詞後面及時間副詞放在句尾的使用不同。

◆ 常用疑問詞 question words

◀ Track 387

- **who** 誰

- **why** 為什麼
- **what** 什麼

- **how** 如何
- **when** 何時

- **which** 哪一個
- **where** 哪裡

疑問句的句型

「疑問詞+助動詞+ 主詞+動詞+受詞？」→例句 ❷、❹、❺、❻、❼

「疑問詞+be動詞+ 主詞？」→例句 ❶、❸

例句練習 ◀ Track 388

❶ Who will be your new friends this semester?
誰將會是這學期你的新朋友？

❷ Why did you hit your brother?

為什麼打你的弟弟？

❸ How are you?

你好嗎？

❹ Which one do you prefer? The red hat or the pink one?

哪一個你比較喜歡？紅色的還是粉紅色的帽子？

❺ What do you want to buy?

你要買什麼？

❻ When will you go home?

你何時回家？

❼ Where shall we go tomorrow?

我們明天會去哪裡？

◆ 常用好惡情感動詞
verbs of emotion

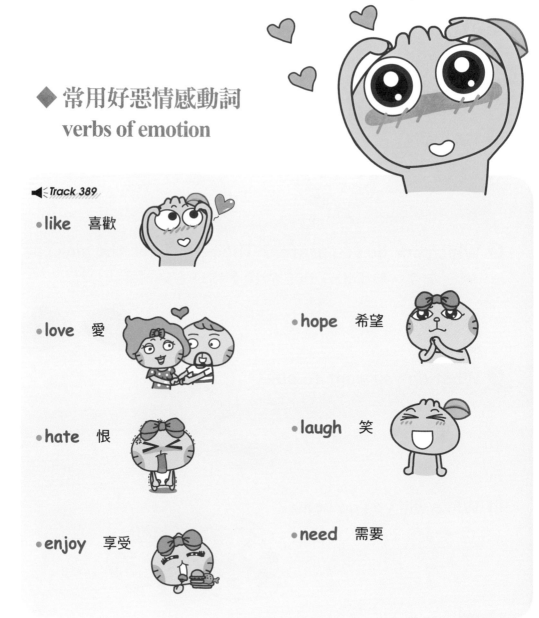

◀ *Track 389*

- like　喜歡

- love　愛

- hate　恨

- enjoy　享受

- hope　希望

- laugh　笑

- need　需要

- want 要

- worry 擔心

- wish 盼望

- ask 要求

例句練習 ◀ *Track 390* . . . .

（＊在符合文法及文義情況下，底線處可自由增替上面的單字做練習）

1 I <u>like</u> to read comic books.
　我喜歡讀漫畫書。

2 I <u>hate</u> watching movies.
　我討厭看電影。

◆ 常用感官動詞
verbs of feeling and expression

- watch　看

- taste　嚐起來

- cry　哭

- eat　吃

- drink　喝

- look　看

- wear　穿

- say　說

- see　看

- kiss　親吻

- lie　說謊

- feel　感覺

- wake　醒

- hear 聽

- sleep 睡覺

- smile 微笑

- thank 感謝

- touch 觸碰

- forget 忘記

- guess 猜

例句練習 ◀ *Track 392* ....

（＊在符合文法及文義情況下，底線處可自由增替上面的單字做練習）

1 My brother often <u>lies to me</u>.

我弟弟經常對我說謊。

◆ 常用動詞一 high frequency verb (one)

◀ Track 393

• **bring** 帶來

• **build** 建造

• **buy** 買

• **drive** 駕駛

• **sell** 賣

• **wash** 洗

• **carry** 持有

• **wait** 等

• **close** 關

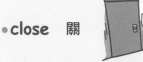

• **fight** 吵架

• **open** 開

• **find** 發現

• **come** 來

• **fix** 修理

• **drop** 掉

• **fly** 飛行

- **follow** 跟隨

- **hit** 打

- **hold** 握著

- **grow** 成長

- **join** 加入

- **jump** 跳

- **keep** 保持

- **kick** 踢

- **walk** 走路

例句練習 ◀ *Track 394* ....

（＊在符合文法及文義情況下，底線處可自由增替上面的單字做練習）

1 Can you <u>close the door</u>?

你能關門嗎？

2 Please <u>wash the dishes</u>.

請洗碗盤。

◆ 常用動詞二
high frequency verb (two)

◀ Track 395

- knock　敲

- leave　離開

- let　讓

- live　住

- lose　輸

- make　使/做

- mean　意思

- pass　通過

- pay　付

- visit　拜訪

- win　贏

- work　工作

- pull　拉

- push　推

- put 放置

- run 跑

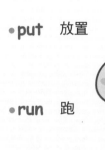

- send 送

- show 展示

- sit 坐

- stand 站

- take 拿

- turn 轉

- use 使用

例句練習 🔊 *Track 396* ⋯⋯⋯⋯⋯⋯⋯⋯⋯⋯⋯⋯⋯⋯⋯⋯

（＊在符合文法及文義情況下，底線處可自由增替上面的單字做練習）

❶ I will <u>visit my grandma</u> next week.

我下週會拜訪奶奶。

❷ Please <u>stand up</u>!

請站起來。

「英文不好，能和孩子一起共讀嗎？」
「如何讓孩子平時就開口說英文？」

（×）我的英文不好，根本沒辦法和孩子一起共讀英文。

（○）既然孩子可以從零開始學，那我更沒理由做不到！

「**所以英文能力的好壞，
並不是逃避一起學習的藉口！**」

（×）我下班回家後，根本沒時間和孩子一起共讀英文。

（○）每天少滑手機十分鐘，一週就多一小時共讀時間！

「**不是行不行，而是想不想，
養成英文習慣從爸媽開始！**」

你的煩惱，每位爸媽都有，
就讓線上逾**15,000**名爸媽的專業諮商師，
親身教你如何和孩子共學英文，
在生活中用英文自在對話！

捷徑 Book 站

原來如此 系列 *E171*

第一本親子英文單字書：
孩子，英文單字好簡單（學習技巧篇）！

和孩子「玩單字」，親子互動零壓力，才能耳濡目染，真正融入生活！

作　　　者	李存忠、周昱葳（葳姐）◎合著
顧　　　問	曾文旭
總 編 輯	王毓芳
編輯統籌	耿文國、黃璽宇
主　　　編	吳靜宜
執行主編	姜怡安
執行編輯	李念茨、林妍珺
美術編輯	王桂芳、張嘉容
英文校對	李厚恩（Angel）
插　　　畫	柑仔家族
封面設計	阿作
法律顧問	北辰著作權事務所　蕭雄淋律師、幸秋妙律師

初　　　版	2017 年 09 月初版一刷 2019 年再版三刷
出　　　版	捷徑文化出版事業有限公司
電　　　話	（02）2752-5618
傳　　　真	（02）2752-5619
地　　　址	106 台北市大安區忠孝東路四段 250 號 11 樓 -1

定　　　價	新台幣 380 元／港幣 127 元
產品內容	1 書＋ MP3 光碟

總 經 銷	采舍國際有限公司
地　　　址	235 新北市中和區中山路二段 366 巷 10 號 3 樓
電　　　話	（02）8245-8786
傳　　　真	（02）8245-8718

港澳地區總經銷	和平圖書有限公司
地　　　址	香港柴灣嘉業街 12 號百樂門大廈 17 樓
電　　　話	（852）2804-6687
傳　　　真	（852）2804-6409

＊本書圖片由 Shutterstock 提供

捷徑 Book站

現在就上臉書（FACEBOOK）「捷徑BOOK站」並按讚加入粉絲團，
就可享每月不定期新書資訊和粉絲專享小禮物喔！

http://www.facebook.com/royalroadbooks
讀者來函：royalroadbooks@gmail.com

國家圖書館出版品預行編目資料

第一本親子英文單字書：孩子，英文單字好簡單（學
習技巧篇）／李存忠、周昱葳（葳姐）合著 . – 初版 .
-- 臺北市：捷徑文化，2017.09
　　面；　　公分（原來如此：E171）
ISBN 978-986-95276-1-3（平裝）

1. 英語　　2. 詞彙

805.12　　　　　　　　　　　　　　　　106013689